明日天気になーれ

仲宗根 稔

NAKASONE Minoru

文芸社

はじめに

思い出したことがある。それは私が結婚して間もなくのこと。妻の親戚で私たちの結婚式に出席できなかった方々が集まり、お祝いの席を設けてくれた。私たちの結婚式は、田舎の小さな公民館で両家合わせて三十数名ほどの席で質素に行われたため、身内も参加できない人がいたのである。

田舎の老舗割烹旅館で十二、三名が集まり、宴もたけなわで歌が始まった。まだカラオケ設備も普及しておらず、手拍子でうたう昔風のスタイルで数人がうたった。

その中で一人のセーラー服を着た女子高生（妻の姪っ子）が立って、透き通った声でうたい出した。マイクもない、今でいうアカペラだ。

「『時代』をうたいます」

私は初めてこの歌を聴いた。歌もうまかったが、歌詞にふるえた。

中島みゆきの作詞作曲とのこと。私はこの歌をその当時知らなかったのである。それから時々耳にするようになった。誰の心にもフィットする名曲である。彼女の歌にはメッセージ性がある。伝えたい何かがあり、みんなが表現できない心の中にある、共感する言葉を抽出し、それを詞として、歌の中に織り込む感受性があるような気がする。

姪は自分の好きな歌をうたっただけかもしれない。しかし、私の心を歌の世界に引き込み、説得するのに充分なインパクトがあった。

「そんな時代もあったよね」という過去を歌でさらりと聴くと、誰もが自己の人生を回顧する気持ちが湧いてくる。この歌がどれほど多く方の心に響き、支えられ、救われたことだろうか。

その他にも数々の名曲を彼女は送り出している。

人間が過去に帰るにはタイムマシンに乗って過去に帰らなければできることではないが、過去の〝思い出〟を振り返ることはできる。

流れ去っていく時代を直進方向だけに進めるのではなく、過去の自分にフィードバックさせ、自分を見直し、次の自分の人生設計に活かしていくのである。

自分の過去と現在を紡ぎ直し、つらかったこと、楽しかったこと、大変な時代を生きてきたことなど、すべてを包含し、思い出を蘇らせることで、新たな発見があり、また未来につないでいくことができる。

人生の棚卸をして、これからの自分らしい生き方を見つけるのである。

二〇一七年に自分史を出版した。余命一年と医師から言われ、もう先がないと思った時に息子から「お父さん、自分史を書いて」と言われた。

そうだ、今までの自分の生き方、会社の歴史などを、子や孫、社員のためにも残しておきたいと思い、退院してから書き始め、一年後に出版したのである。

どうしたことか、それから七年生きている。天から与えられた付録のような人生を、有意義に過ごしていきたい。人は死しても文は残ると思い、初めてのエッセイにチャレンジしてみた。

自分史がたくさんの惣菜があるデパ地下とするならば、エッセイは一階フロアのようなもの、エントランスになっていて、気軽に入れる風通しのいい場所でもある。しかし、女性客が多いため、男性としてはすぐスルーしたくなる。そこにいる居心地の悪さを感じながらも、しばらく足をとどめてみる。

この随筆を書くにあたっては、自分の幼少のころからの出来事を思い起こし、記憶をたどりながら書いていきたい。

デパートのエスカレーターで上り下りするように、いい商品に出会った時のときめきを、そして私の人生の途中途中で出会った方々のことも、ご本人と出逢い、ご本人が語ったことを記している。一人一人の生き方として書かせていただいたもので、あくまでもご本人の承諾を得、原稿を見ていただいた後に使用させていただいた。でも、もし間違いや勘違いなどがあればお許しをいただきたいと思う。

苦しかったこと楽しかったことも、「そんな時代もあったよね」と言えるような時がきっと来ると思う。

自身の過去の出来事を、このフレーズに乗っけて変調、復調しながら、文章に綴り、脳の中の記憶データをたどるように、心に映像として再生することができ、光になって蘇ってくる。

ある日、七歳の孫が、「ねえ、じいじ、ぼくねぇ、むかしねぇ……」と話し始めた。

「えっ！　七歳の子供にも昔があるんだ」と、ひとり微笑みながら孫の〝昔の話〟を聞いた。

明日天気になーれ ◇ 目次

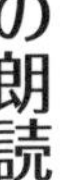

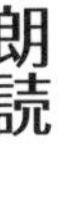

1　一輪の花

ユリの花

父が出征する前に建てた小さな家は、昭和十九年の山国川河口流域を襲った大水害であっという間に濁流に流されてしまった。母は隣の家に助けを求め、子供たちを先に自分は最後に家を出たのであるが、襲ってくる濁流に押し流されそうになった時、隣のおじさんが竿を渡し、それにつかまった母は危機一髪助かった。私は隣の家の二階から我が家が流れていくのを見つめていたが、隣の家の電線と舮綱のようにつながっていたので遠くに流されずに、水が引いた後、我が家は田んぼの中にポツンと座っていた。

水害の後、移り住んだのが近所の空き家であった。終戦後、父は復員して帰ってきたが、我が家が跡形もなくなっていることに呆然と立ち尽くしているところ、近所の人が移転先に案内してくれたそうである。

当時築五、六十年以上経っていると思われる古民家であったが、周りも同じように浸水し大変な中を近くの家を借りることができた。近所の人々の助け合う気持ちに感謝の気持ちでいっぱいであった。戦後まだ二、三年ほどしか経っていなかったころのことである。

我が家の屋根は瓦葺きであるが、所どころ瓦の上から草花が生えてかなり傷んでいた。この家も水害で、土間から一メートルほどのところまで浸水していた。壁には喫水線のような浸水の跡があり、漆喰の白い壁もはげ落ち、浸食したところは、土壁が露出していた。間取りは田の字型で、畳は水害の影響だろうか、一枚も敷かれていない板張りである。板張りといっても、松の木の無垢材で、幅広の一枚板を敷き詰めた褐色に光る床板である。それぞれの部屋はもともと襖で仕切られていたのだろうが、それも一枚もない。田の字の十字ラインには敷居と鴨居があり、畳の厚さ分の敷居が五センチほど出ている。便所につながる廊下側のみ、ガラス障子の引き戸があるだけで、障子も襖もない。

古い建物であるが、気に入っているところもある。西側の縁側には三角の小坪があり、三メートルほどに成長した橙の木があった。

初夏には白い花が咲き、冬には橙色に染まり、鈴なりに実っていた。子供でも手に取れるような位置に実っており、何度か自分で捥いで食べてみたが、種の多い酸っぱい橙である。

その橙の木の根元に、一輪の白いユリの花が二つ三つの蕾をつけて咲いていた。誰かが植えたということもなく、洪水によりどこからか種子が運ばれてきたのか、それとも鳥が運んできたのか。なんという名前のユリだろうか。カサブランカのように花びらを大きく広げるのではなく、お淑やかに開いた花びらの内側には少しゴマ状の斑点がある。

そのユリの花を見た時、なんと奥ゆかしい可憐な花だろうかと、子供ながら、好きな彼女に初めて会ったような心のときめきを覚えた。私は画板に画用紙を挟み、鉛筆でこのユリの絵を描いた。小学生ながらよく描けたと満足であった。後にユリの花の種類を調べてみたが、同じユリにお目にかかったことはない。もう一度会いたい初恋のユリの花であった。

「好きな花は？」と聞かれたら、今でも「ユリの花です」と言うだろう。だから、花屋に行くと、よくユリの花を買って我が家の玄関に飾っていた。しかしまだ初恋の彼女であるユリに会っていない。

三角の坪（庭）の垣根は表と裏から交互に張り合わせた板で、その垣根に四月ごろになると淡い紫色の藤の花が絡んで美しい藤棚になっていた。小さいながらもこの藤棚が見える縁側で日向ぼっこをするのも楽しみであった。妹の友達がよく遊びに来て、幼稚園で習った歌をこの縁側でうたっていた。

イチゴのなるころ青い空
麦わら帽子をかぶります
いちごがたくさんなったなら
小籠にリボンを結びます
風も小籠を覗いてる
誰にあげましょ
ストローベリー

私はずーと後になるまで、ストローベリーのところを「すそのべに」とうたっていた。大人になってから「すそのべに」って何だろう? と思って、歌詞を検索すると、「ストローベリー」ではないか。「なーるほど」と遅まきながら納得した次第である。妹にこの話をすると、「私たちが『すそのべに』とうたっていたのかもしれないね」と言っていた。子供のころ覚えた歌は、意味も分からずうたっていたことが多かった。

妹たちが「ストローベリー」の歌（本当の曲名は『いちご』）をうたっていたころ、ユリの花の思い出が一緒に私の心のスクリーンに刷り込まれていたのである。

ダリアの花

小学校六年生の時だっただろうか。教室の教壇に一輪の赤い花が花瓶に入れられて飾られていた。

保健体育の女の先生が、教壇に立たれ挨拶の後、その花を見て「きれいなダリアですね。誰がお花を飾ってくれたのですか」と聞いた。

席の後ろから手が挙がった。みんな一斉にその子の方を見た。その子はどちらかというと、控えめな子であったと思う。先生は「ありがとう、おうちに咲いていたのですか」と聞くと「はい」と一言。「教室が明るくなるね」と言ってお花を飾る心について話してくれた。

「ダリア」、なんと優雅な名前だろう、小さな女王のような名前だ。

私はダリアという花の名前をその時、初めて知った。花びら一枚一枚が両手で包み込むような形をしていて、その中心から幾重にも円を描き、凛として華やかに高貴な姿を見せてくれる。花言葉は「華麗」「優美」「栄華」などと存在感のある花として、結婚式やお祝いなどに人気があるようだ。

たくさんの花が咲いていている花壇や、シーズンごとに一面に咲く折々の花も美しいが、花瓶に一輪咲いている花も美しい。
思い出の赤いダリアの花、しばらくお目にかかっていない。

ひまわりの花

結婚後数年して家を新築した。それまで自宅と工場が一緒の小さな我が家は川べりにあったため、堤防工事で立ち退きになったのである。わずかの立退料で土地を手に入れ、工場と家とを建てねばならなかった。多くの方々の支えがあってすべてが思った以上の土地、工場、家を新築することができた。

ある時、トイレに入って用を足した後、空気を入れ替えようと小さな窓を開けると、そこにひまわりの花が咲いていた。ちょうど私が立った位置に窓があるので、目の前に突然現れた一輪のひまわりにドキッとする。
今まで気付かなかったのが不思議なくらい大輪の花である。しかし、花びらが少し枯れかかっている。でもそのひまわりの花をぱっと見た時、心がどよめいた。何て美しいんだろう、と。その時のときめきは、初めて女性の体に触れた時のような衝撃を受けた。

枯れかかったひまわりは、葉っぱも少ししおれている。野に咲く花のように、青春の輝きにも似た最も美しい時があるが、その一番輝いていた時を過ぎ、少しずつ朽ちていかんとするその移ろいの美を、ひまわりの花が教えてくれた。

ひまわりの花言葉は「憧れ」だそうだ。自己の人生に生きがいを求め、理想的なものに向かって心惹かれる希望のひまわりを追い求めていきたい。

コブクロの歌「ここにしか咲かない花」のように、誰が見ていようと見まいと、そこに人知れず静かに咲いて、そして朽ちていく一輪の花……ひまわりに心奪われた。時は移ろいゆくのである。人生にも齢を重ね皺を刻んだ美しい花があることを忘れまい。

ことばの花

私は花には疎い、名前もよく知らないし、育て方も分からない。しかし、時折見せる一輪の花の美しさには心ときめくことがある。人との出会いも一輪の花に感動するような出会いがある。

ある知人のお葬式でのこと、参列していたあるご婦人と言葉を交わした。

その方には脊髄に先天的な障がいがあり、肢体不自由で背中も曲がっており、重度の障がい者である。ご婦人が乗っている車椅子は、足に障がいのあるご主人が押していた。

そのご婦人が遺族にかける短い弔意の言葉の中に、人に思いを寄せる温かい言葉が交わされた。どんな言葉で伝えたのか、私は近くにいながら覚えていない。ただ、人に寄り添う言葉に触れた時、このご婦人はきっと穢れのない美しい心の持ち主なんだろうな、と私の心の中に一輪の花のように、いつまでも慎ましやかに凛と咲いている。

「花言葉」とはよく聞くが、「ことばの花」もあると感じた。そっとかける言葉にどれほど笑顔と勇気をもらったかしれない。そんな「ことばの花」を届けられる人でありたい。

そのご婦人と、もう一度お話がしたい、と思ってもその方はもうこの世にはいない。

2 隠れ家

垣根の外側は畑になっており、周りは田んぼが広がっていた。遠い山並みに夕日が沈む光景が美しい。我が家の少し先に墓場があったが、お日様が沈む時にはバックライトのように墓場にあたり、そのシルエットはビルが立ち並ぶ都会の絵葉書のようだった。夕日が一点の光となり山の端に消えていく瞬間をいつまでも眺めながら、真紅と金色に広がる雲の余韻を、眼に収めていた少年期の思い出のシーンである。

我が家は両親と兄弟姉妹六人の八人家族である。子供が多いので私は押し入れの中でミカン箱を机に裸電球を引き込み、勉強をしたり、本を読んだりしていた。

上下二段の押し入れには上に布団、下には父が造ったどぶ酒の入った瓶があった。当時でも自家でどぶろくを作ることは禁止されていたようだが、正直かなりの家で造っていたようだ。現在でもその法律は生きているので、私はもちろん造らないが、父はこっそりと、このどぶろくを飲むのを楽しみにしていた。仕事から帰ってきて、押し入れの中の瓶を開け、杓子ですくって美味しそうに飲んでいた。

押し入れの壁一面には古い新聞紙が貼られていた。その新聞には女性の裸体画が載っているところがあった。

ある時、押し入れで勉強していると、母が押し入れの戸を開けて、その裸体画にぺたりと、他の新聞の切れ端を貼り付けた。「こんな絵は見ない方がいい」と言ったような気がする。

私はその絵に何の関心もなかったと思うが、母は思春期に入る子供に見せたくなかったのであろう。しかしそんな風に見られていると思うと、母の気持ちが嫌だった。仕方なく甘酸っぱいどぶろくの匂いのする押し入れの部屋から出ることにした。

そこで見つけたのが秘密基地である。

田の字型の間取りの中心部にある柱によじ上ると、天井裏に入れる口がある。その四角い板を押し開けて屋根裏に上ると、真っ暗な厨子(つし)二階だった。そして道路側にある引き戸を開けると、光が差し込み明るくなるが、屋根の勾配が低い隅の方は薄暗くなっている。昔の家の造りは二階ではなく、中二階と言われるような部屋があり、物置として使われていたようだ。

「おお、いいところを見つけたぞ」とつぶやきながら見渡すと、煤と蜘蛛の巣だらけの梁が低く、子供でも頭をぶっつけそうになる。天井裏の板は分厚くできていて強度も問題ない。もともとは階段か、取り外しの梯子がついていたのだろうが、水害で流されてしまったのかもしれない。それは自分にとって幸いなことなのだ。

階段がないことをいいことに、「ここなら母も上がってこまい。押し入れよりこっちの方がいいぞ」と嬉しくなり、屋根裏探検である。梁の低いところは腰をかがめながら進むと、奥の方には何やら長い木の箱があるではないか。両端には取っ手のようなものがついている。担ぎ棒を通す金具だ。どうもこれは長持ちという箱らしい。

そういえば「花いちもんめ」というわらべ歌を女の子たちがうたっていたね。いや、男の子も入って遊んでいたし、自分も仲間に入ってやっていたことがある。

花いちもんめ
箪笥長持ちあの子が欲しい
あの子ちゃわからん
この子が欲しい

歌の中にある「長持ち」とは、衣類や寝具を入れる長方形の箱である。時代劇などで、参勤交代の大名行列のシーンがあるが、殿様の乗り物の御駕籠と長持ちを担いで連なっているのを見かけることがある。明治時代の末ごろまで嫁入り道具として使われていたようだ。だとすると、この家は明治時代に建てられたものということになりはしないか。

薄暗い天井裏の中にある長持ちの蓋をそっと開けてみた。数枚の古びた衣類と提灯が入っている。長い提灯や丸形の提灯も入っている。おそらく初盆などで使用した提灯だろう。虫が食って破れていた。広げてみるとなんだか、お化けが出てきそうな雰囲気になった。煤けた和人形も一体入っている。なんだか怖い。おかっぱ頭のかわいい目をしているが、鼻のてっぺんが少し欠けている。着物を着ていただろうがはがれていて、胴体はおがくずを粘土かのりで固めて作ったようなずん胴で手も足も抜けてついていない。こんなところで見る人形はあまり気持ちのいいものではないと思い、きれいに拭いて長持ちにそっと戻してあげた。

この厨子二階に電線コードを引き込み、傘付きのランプを低い天井に吊り下げ、夜でも隠れ家として一人楽しんだ。むしろを二、三枚敷き寝っ転がると、ひんやりして気持ちよかった。

五、六年生になると、少年雑誌を読み始めた。毎月は買えないけれど、父の手伝いをすると百円の小遣いをもらえるので、その小遣いの百円を握りしめ、町の本屋に行くのが楽しみで胸をワクワクさせながら少年雑誌を買っていた。私は本屋独特のにおいが漂っているその空間が好きだった。

隠れ家で少年雑誌を読むのが楽しみの一つである。当時、「鉄腕アトム」「イガグリくん」や江戸川乱歩の「怪人二十面相」などが連載されていて、胸躍らせて読んでいた。

父は何にも言わなかったが、「母は下りてきなさい！」といつも心配気味であった。時々、友達の友ちゃんが遊びに来た時は、隠れ家に上げて漫画の本を読んだり、一緒に勉強したり、へぼ将棋をしたりで楽しく過ごしていた。

子供のころは稲刈りが終わった田んぼで藁を積み上げているところに行って遊んだり、板切れや段ボールなどを使って隠れ家を作り遊んだものだ。

同級生の友ちゃんの家にもよく遊びに行った。友ちゃんはおとなしいがひょうきんな子であった。お父さんが漁師で、はげた頭にタオルの鉢巻をのっけて網の繕いをしていた。

友達同士では「ともやん」と呼んでいたが、ある時、ともやんのお父さんから叱られた。

「ともやんというな、友ちゃんと言え」

それ以来、彼の呼び名は友ちゃんである。そうだよなあ、山国川河口沿いの漁師集落では近所の子供たちをみんな、ちゃん付けで呼んでいた。

友ちゃんちの背戸を挟んだ隣の家からニッキの木の枝が伸びていた。ジャンプして木の枝をもぎ取り、枝や葉っぱをかむとスーとするニッキの味がした。駄菓子屋で小枝を束ねたニッキを買ってしゃぶったこともあった。シナモンの入った八つ橋を食べると思い出す。

子供のころ育った地域、場所を訪ねてみたいという気持ちは動物の帰巣本能に似ているかもしれない。そこには思い出がいっぱい詰まっているのである。そんな気持ちがふつふつと湧き上がってくることがある。

長い年月が流れ、隠れ家のある元の我が家を訪れてみたが、すでに廃屋となりひっそりと佇んでいた。中に入ってみたかったが、玄関には鍵がかかっていて入れないし、入れたとしても不法侵入者になるのでそれはできない。

電気代の支払いができないで、電柱からの引き込み線のガイシのところから、電力会社の職人にペンチでパチンと切られたことを思い出す。玄関の上には、レトロな乳白色の電気の傘に電球がちゃんと付いていた。少し煤けてはいるが、懐かしい思いで、しばらく幼いころの自分の姿をそこに置き、追憶に浸って眺めていた。

外側から屋根の上の厨子二階の雨戸に隠れた窓を眺め、もう一度あの隠れ家を覗いてみたいと思った。裏の三角の小坪の方に回り垣根を覗くと橙の木は切り倒されたのか姿はなく、雑草やゴミなどが散乱していた。ここにあのユリの花が咲いていたのになあ、と回想に浸りながら感慨深く立ち去った。

今度は未知の国へ大人の隠れ家を探しに行こう。

3　子供たち

ほいとの子

昭和二十年代の村の通りや路地はにぎやかだった。子供たちは家よりも外で遊ぶ方が多く、子供の声であふれている。そこにいろいろな物売りの声が響く。朝は豆腐屋のラッパの音、アサリ売りの声。

「ハサミカミソリバリカンの研ぎなおしー」

「トーントーンとんがらし、甘いも辛いもさんしょの実」と唐辛子や山椒の実を売る白いひげのおじさん。そこに鋳掛屋の声「こーもりがさ、なべかま修繕、のこの目立てー」。

外にはマイクがなくてもよく通る声が響いていた。夏になるとアイスキャンディを売るおじさんが自転車でちりんちりんと鈴を鳴らしながら、「アイスキャンディ」と声を流していく。

夕方になると、チンドン屋のしょっぱい声と威勢のいい笛や太鼓で囃しまくる音は当時、芝居小屋の宣伝によく使われていた。紙芝居のおじさんの拍子木と口上に子供はぞろぞろとついて回る。

これらの物売りやチンドン屋の声は一度に聞けば騒音になるが、朝方、あるいは夕刻であったり、時間差で聞こえてくるので、単調なミュージックのようで、その時間の空気の中に流れる、戦後復興のメロディーのようであった。

町や村ににぎやかに響いていたそのメロディーが聞こえなくなって久しい。今では村や町の路地は車も通れない道も多く、ひっそりと静まり返っている。これも時代の流れなのだろうか。寂しい限りである。

終戦間もないころ、町には傷痍軍人たちが白い病衣を着てアコーディオンや、ギター、ハーモニカなどを奏でて物乞いをしていた。

ある日、大火傷で顔がただれ、見るのも怖い、気の毒な傷痍軍人らしき男が村にやって来て、物乞いをしていた。破れた国防色の軍服姿に脚絆も巻いている。背中には軍の破れかけたリックサックをからっている。子供たちはその男に「化け物が来た」と言って小石を投げたり、ひどい言葉でやじっていた。

その元軍人は子供たちを追いかけ回し、言葉にならない声を上げながら叫んでいたことを思い出す。国に召集され、国のために戦って負傷した人々である。どんな思いで日々過ごしていたのか、そんな姿で家族にも会えないのかもしれない。自分は何もしてあげられなかったが、今思い出すと心が痛む。後に国による傷病年金や軍人恩給などが国庫負担で行われたと聞いた。

また陽気な女乞食（現在では差別的ということで使用しないようにするらしいが、その当時を表現するためにここでは使っている）もいた。名は「さかえさん」、村に時々出没するモンペ姿のおばさん乞食である。家々を訪ね物乞いをするが、そこで浪花節とも何ともつかぬ講釈を語る。「いつまでもあると思うな親と金、ないと思うな運と災難」などと語っていた。村人には人気者の陽気な乞食で、年寄りの肩揉みなどをして小遣い稼ぎをしていた。

何とも憎めないこの「さかえさん」。この人、もともと頭は悪くないのであろうが、少し精神的に病んでいるようだ。どこでどう運勢が狂ったのか、年齢は母親と同じくらいだったろうか。

当時、多くの浮浪者や乞食と言われる人が多くいた。

その中で心惹かれる、母親と娘二人の乞食がいた。娘ははっきり分からないが十歳と八歳くらいだろうか、当時の私より二つ三つ下に見えた。母親は大きな袋を肩に背負っている。地面を引きずるほどの大きな荷物である。子供たちと野宿するのに寒くないように、と思ってか、男でも重そうな荷物を肩に担ぎ、物乞いをして回っていた。

いつも家の周りや近所に来るので、来るたびに、母は何か食べるものを渡していた。この子たちの名前は、姉がたか子、妹がとし子だったと思う。近所の子供たちは二人の乞食の子の名前を覚え、「たかとし、ほいとの子」とやじっていた。この地域では乞食のことを「ほいと」と言っていた。この二人の姉妹はそんな境遇でも、すこぶる明るいのである。いつもニコニコと、そしてはっきりとものを言う子供たちだ。

ある時、「おばちゃん、お皿買って」と数枚のお皿を持ってきた。どこで仕入れてきたのか貰ったのか、母は「うん、いいよ」と言って、彼女たちからそのお皿を買ってあげた。いくらで買ったかは分からない。

彼女たちの手を見ると、風呂に入ることもないのであろう、うす汚れた手が腫れていた。野宿や神社の軒先で寝泊まりしていると蚊や虫に刺されることも多いのだろう。母はメンソレータムを塗ってやり、「これを使いなさい」と言って、それをあげていた。

母親の方は、近所の子供たちから「なすびのおばん」と呼ばれていた。母から聞いたことであるが、子供を出産した後に女性は脱腸（鼠径ヘルニア）になることがある。その子たちの母親はおそらくそんな状態だろうと言っていた。私の母は産婆の資格を持っていたので、婦人病のことは詳しかった。

「かわいそうにね、病院にかかることもできず、その母親は川でお尻を洗っていたそうだよ」

どんな理由で乞食になったのか、子供を連れて、みじめな姿で生きているのか、不憫でならなかった。

二人の姉妹は、目鼻立ちもよく、かわいい顔をしている。年頃になったらきっと美人になるだろうな、と思った。もしその時に二人に会ったら、「えっ、あの時のとしちゃん、たかちゃん」と驚くだろう。そこではきっと「ちゃん」付けで呼んでいるだろう。

後日、風の便りに聞いた話だが、ある町の食堂の親父さんが二人を引き取り、そこで働いていたとのこと。学校も行けずにいた二人の人生はどうなったのか、店の親父さんが学校を出してくれたのか、その後成長し、結婚していい伴侶に出会い、子供を授かることができたのか、知る由もない。

現在はホームレスに対して自治体の支援などが進み、ホームレスが減少していると言われているので、駅前や公園などでホームレスを見かけることが少なくなった。

「ほいとの子」も「ほいと」もこの世に生を受けた人間である。彼ら彼女らが幸せに生きていける社会環境になることを願うばかりである。

「ほいと」「乞食」などは差別用語で使えないそうだが、あの時代はこう呼んでいたのである。不快に思われる方にはお詫び申し上げたい。

乞食の子

「ほいとの子」を書いている時、図らずも出合った本がある。『乞食の子』（頼 東進 著／納村 公子 訳）という、台湾の乞食の自伝である。タイトルを見て気になって購入し、あまりの過酷な家族の人生に衝撃を受け、一気に読んでしまった。

盲目の父、知的障がい者の母、姉、東進（著者本人）、障がい者の弟、二人の幼子を連れて、物乞いの旅をする。墓場を宿にしたり、廟を宿にしたり、豚小屋に住んだり、人々にさげすまれ、虫や腐った鶏肉を食う。人間は極限の貧しさになった時、ここまでなれるのかと思ってしまう。

しかも盲目の父親からは鞭で打たれ、それも尋常ではない折檻は、現在の日本ならば当然児童虐待である。それでも父親を憎まない。まだ幼い六、七歳の東進は理不尽ともいえる虐待を受けても、母や弟を守るために物乞いをし、家族の一日の糧を得るために、雨が降ろうが風が吹こうが、一軒一軒訪ね、物乞いをする。

姉は十三歳の時に父から女郎として売られ、そのお金で東進は小学校に入学することができたが、自分が学校に行くために姉が売られたと知り、東進は苦悶する。

同級生からは乞食の子と馬鹿にされるが、本人の努力により成績も向上し、数々の表彰を受ける。親兄弟を食べさせるために、学校から帰ると父親と物乞いに出かける。

その後、専門学校に進み、社会人となって結婚もし、幸せな生活を送っている。自分が乞食であったことをみんなに隠したり、否定したりすることは家族の存在、自分の人生を否定することだと本人は考えている。むしろ過酷な人生は後々の自分にとって大きなプラスであると感じたのである。


今の若い人たちは恵まれた環境にあると思う。ゲームやスマホに熱中するだけではなく、世界には過酷な人生を送っている人々がいることを知り、日々両親や周りで支えてくれている方々に感謝しながら勉学に仕事に励んでほしいと思う。一読してほしい書である。

TED

少し飛躍するかもしれないが、「TED Talks」というプレゼンテーション動画がある。私はよく見る動画であるが、「何が良い人生をつくるか」というタイトルで、ハーバード大学のロバート・ウォールディンガー教授の講演を拝聴した。

本も出版されており『THE GOOD LIFE　幸せになるのに、遅すぎることはない』に詳しく掲載されている。


（TEDでの講演内容の抜粋）

ハーバード大学の調査員たちは、七十五年間に七百二十四人の男性を追跡し、仕事や健康、家庭生活などについて記録しました。一九三八年以来二つのグループに分け追跡しています。

一番目のグループは研究が始まった時、ハーバード大学の二年生で、第二次世界大戦中に大学を卒業し、殆どが戦争に行きました。

二番目のグループはボストンの貧困環境で育った少年たちが、この研究のために選ばれました。水道設備もないような安アパートに彼らのほとんどが住んでいました。その少年たちが今、大人になり、様々な人生を歩んでいます。工場労働者や弁護士、医師になった人、アメリカ大統領になった人もいました。

このように社会の底辺から這い上がり、ずっと上まで上り詰めた人もいる一方、それとは逆の人生を辿っていく人もいるのです。彼らの人生から得た何万ページにもなる情報から分かったことは何でしょう？

それは富でも名声でも無我夢中で働くことでもなく、七十五年に亘る研究から、はっきりとわかった事は、私たちを健康に幸福にするのは、よい人間関係に尽きるということです。これから人間関係に関して三つの大きな教訓がありました。

第一に周りとの繋がりは、健康に本当に良いということ。

孤独は命取りで、家族や友達コミュニティーとよく繋がっている人ほど幸せで身体的に健康で、繋がりの少ない人より長生きをするということが分かりました。大事なことは身近な人たちとの関係の質なのです。例えば愛情が薄い喧嘩の多い結婚生活は健康に悪影響を及ぼし、おそらく離婚より悪いでしょう。愛情ある良い関係は人を保護します。

最後にマーク・トウェインの言葉を引用して終わります。

「かくも短い人生に争い、謝罪し、傷心し、責任を追及している時間などない。愛し合うための時間しかない。それが一瞬にすぎなくても」

よい人生は良い人間関係で築かれます。ありがとうございました。

ＴＥＤの講演はこのように終わっている。詳しく知りたい方は『THE GOOD LIFE』を読んでいただきたい。

私もこの講演を聞き、良き人間関係に恵まれ、良きコミュニティーに巡り合い、仕事の上でも多くの人に支えられて今日があることを感謝し、お礼申し上げたい。

4 英語の先生の朗読

昭和二十二年に学校教育法が改正され新制中学校が発足した。

その当時の我が母校、吉富中学校は木造一階建ての長い校舎で、教室の間仕切りは板張りで仕切られていて取り外しができるようになっていた。講堂がまだなかったため、入学式や卒業式など大きな行事がある時はその間仕切りを外し、教室と教室がつながり、長手方向に広くするのである。

クラスごとに仕切った時には隣の授業の声が聞こえるほどの簡易なつくりであった。物資の少ない戦後に造られた当時の中学校はどこも同じようなつくりであったのではないかと思う。

私は昭和二十七年、中学入学。英語の先生は井上先生、細身で声の通る先生だった。英語の教科書は「JACK AND BETTY」とブロック体で書かれているが、井上先生が黒板に書く英文はきれいな筆記体で書いていた。現在は中学校では筆記体は教えていないようである。速く書く時やサインする時には便利だと思うが、筆記体も是非中学校で習ってほしい。

二年生の時だったと思う。授業時間に井上先生は本を読んで聞かせてくれた。英語の時間が朗読の時間になったのである。その本は『耳なし芳一』という有名な小泉八雲（ラフカディオ・ハーン）の怪談である。

怖い幽霊の話と聞き、みんな顔を見合わせた。

先生は左手に本を持ち、右手に竹の指し棒を持って、「耳なし芳一」と低い声で朗読を始めた。ゆっくりと机の間を歩きながら、怖いシーンになると、指し棒でぱちんと机をたたくのである。怖さと指し棒の音でみんなびっくりして「うわっ！」と声を出す。

約七百年以上昔のこと（朗読当時）、平家と源氏との永い争いの最後の決戦が、下関海峡の壇ノ浦で行われ、この壇ノ浦で平家一族、安徳天皇は滅亡した。

幾百年か以前のこと赤間ケ関に芳一という盲人が琵琶を吟誦していた。

ある夏の夜、ある寺の住職が、芳一を寺へ招き弾奏させた。芳一の琵琶の技術に感心して寺に住んで琵琶を奏してくれるように頼んだ。

ある夜、住職が留守の間、芳一は庭で琵琶を弾いていると、足音が聞こえ、芳一のそばに迎えの武者が現れる。「ほういち～ほういち」と呼ぶ。

朗読は続く。白昼の教室にうすら寒い雰囲気が流れる中、机に両腕をつき俯いている者、胸を手で押さえてちぢかんでいる女子など、恐怖の中に引き込まれている。先生は、洞窟の奥から聞こえてくるような低い声で語っていく。

ある夜、住職が留守の間に琵琶を弾いている芳一に、亡霊の武者が、芳一を迎えに来る。

「ほういち～ほういち」と迎えの武者が呼ぶ。

「ほういち～ほういち」

教室が凍ったように静まり返っている時、「はぁい」と私は怯えるような低い声で返事をした。

教室はわっと笑いが起こった。先生も笑っている。私は、はっと我に返った。私は乗り移ったように芳一になりきっていたのだ。

私は気まずい思いで苦笑いをしながら、みんなと一緒に先生の朗読を最後まで聞いた。

先生の鬼気迫る朗読にみんなも「あー怖かった」というのが感想だった。

ただ、その後の英語の授業にどのように影響したか分からない。

当時は墓場の横を通って通学していた。薄暗い夜には墓場の横を通って帰るのが怖かった。でも怖いもの見たさに幽霊映画もよく見に行っていた。四谷怪談のお岩さんなどがモノクロ映画であったが、ほんとに怖かった。

5 日記

本棚の片隅に一九六一年の日記帳が仕舞ってあった。日記は人に見せるためにつけたものではないが、若い時分の日記はもう時効だろうと思って当時を思い出しながらめくっていくと、悩み事や迷いなど多い自分を、奮い立たせるようなことが記されている。字も下手だし、誤字も脱字もあるが、甘酸っぱさと懐かしさが蘇ってくる。

就職して三年ほど経った二十二歳の時の日記である。就職難の中、やっと職に就き、少しずつ仕事にも慣れてきたころ、私は原因不明の難病にかかってしまった。そのあたりから日記は始まっている。その日記の始まる前年十二月十五日に北九州の総合病院に入院している。

一月一日

新しい年を迎えたという気があまりピンとこないのも病院でそれを迎えるためであろう。だが、一応、一年の締めくくりはついたのでここで、改めて計を立てよう。というより元旦にあたり、思ったことを書こう。
一、まず病気を完全に治す
二、今年で自分の将来を決めよう
三、趣味のアマチュア無線をトラブルなく行う
そのほか今年はやりたいことがいっぱいある。退院したら会社でも大いに活躍したい。
今年こそラストまでこの日記が白紙でないように努力しよう。

病気の診断が難しく、あちこちの病院で診察してもらったが、原因が不明であった。その結果、紹介状を書いてもらい、一九六〇年十二月十五日、北九州の総合病院に入院することになった。主治医の診断は「仙骨カリエス」とのこと、尾骶骨のあたりが化膿し膿が出るのである。風呂に入ることもできず、仰向けに寝ることもできなかった。結核性のカリエスの恐れがあるとのことで、抗生物質での治療が始まった。

一月五日
今日は外来外科の方に行って診察してもらった。肛門検査、浣腸をした後レントゲンを撮

る。診断書を書いてもらい、傷病手当の手続きを早くしないとお金がない。退院するときのために用意しておかなくてはならない。

午後、同級生の内田君と妹が見舞いに来てくれた。内田君とは趣味の仲間である。二年前に熊本の電波管理局でアマチュア無線の国家試験を受けて、ともに合格し、コールサインをもらった無線仲間である。病室で無線の話は尽きない。同趣味の友は話が合う。退院してから早く無線機を修理して電波を出し、無線仲間とラグチュー（おしゃべり）を楽しみたい。

一月八日

今日で入院二十四日、初めて外出許可が出た。傷病金申請の手続きをするために会社の寮に行った。帰りに時間があったので小倉の映画館に入り、「ジャングルキャット」と「ドナルドの算数教室」というディズニーの映画を観た。大変に面白く勉強になった。外に出ると雨が降っている。バスで病院まで戻ったが、びしょ濡れになった。

日記のこのページを読んで当時を振り返り「ドナルドの算数教室」をまた観てみたくなったので、ＤＶＤをネットで検索し買った。改めて観てみると内容が若干違っている。記憶に残っているシーンが出てこないのである。バージョンが違うのかカットされているのか分からない。
他にも若いころ観た映画で印象に残っている映画をＤＶＤで観ようとネットで買ってみても内容が一部カットされていたりすることが今までにもあった。再録する場合には全編再録したものを出してほしいと思う。せっかく孫たちにも見せると勉強になると思ったのに残念である。

一月十一日
朝から採血があり、その後、抗生物質ストマイ注射。婦長が朝見回りに来た時「自分はあとどのくらいで退院できますか」と聞いた。すると婦長は「だいぶ傷もよくなってきたが、この病気は完全に治しておかないと再発の恐れがあるのでもう少し治療しましょう」といった。
昼から父母と末の妹が見舞いに来た。父の仕事は今大変なようだ。早く一人前になって親孝行したい。午後下着の洗濯をする。
病室は大部屋で仕切りのカーテンもなく八人のベッドが並んでいた。隣のベッドには七、八歳くらいの男の子がいた。足の怪我でギプスをはめていた。「お兄ちゃん一緒に遊んで」と、私のベッドに寄ってくる。時には絵本を読んであげたり、トランプをしたりしていたが、お見舞い客も多く、プライベートな空間がないので、面会ルームでよく病院の図書を読んでいた。

一月十三日
『女だけの部屋』という河上敬子著の本を読む。タイトルだけを見ると男性が読むことは憚られるが、著者は医者であり女優でありエッセイストである。
女性でこれほど専門知識を持ち活躍されていることは大変珍しい。自身が体験したこと、医者としての視点、また女優として経験した業界の裏話など、男性が読んでも全く差し支えない充実した内容である。自分の書く力や知識を深めるためには多くの本を読むことだと思う。

日記の中にある『女だけの部屋』という本の記憶は六十年以上前のことで全く記憶がなかったが、日記を読み返してこの本のことを思い出し、ネットで検索してみると、中古本として一冊あったので早速注文し購入した。私を見つけてと言っているように、そこにあった。早速手に取り、少し黄ばんでいるが、会えてよかった。

表紙に出ている写真は少しセピア色っぽくなっているが、女優であるだけに美人である。映画では石原慎太郎の『太陽の季節』にも出演しているという。改めて読んでみる。

最初のページに「花束を贈る」という徳川夢聲氏の巻頭の言葉がある。何といっても無声映画時代の名の知れた弁士である。

とかく専門家というものは、おそろしく視野が狭い。例外はあるけれども大体において自分の専門以外のことに関しては無知である。（中略）

この本の著者は病理学の専門家である。が、同時に女優である。

と彼女の多角的な活躍にエールを送っている。

彼女は、女優の立場から、撮影所で起こる男女間の問題や数々のスキャンダル、女性医師としての視点からは性の問題や健康に関することなどを取り上げている。

彼女は暗算もすごいのである。

ある市の職員家族慰安会の舞台で、女優の立場で出席し、挨拶を依頼された中で、彼女の暗算ぶりを披露したのである。

市役所と税務署のよりぬきのソロバンの名手二人と、読み手を出てもらい、舞台で競技することになつた。

数は四桁の加え算、引き算あわせて八問。これ以上早くよむことの出来ないというスピードぶりで真剣勝負になつたのだが、ソロバン側は遂に一問も解答し得ず、私が一問一円ちがつただけで、あとの七問は美事に正解を得た。（『暗算』より）

最後まで読んで彼女の多角的な能力に驚くと同時に、最近言われている女性の社会進出の先駆的な方だと思う。

二兎を追う者は一兎をも得ず、とは昔から言われている言葉であるが、複数の兎を追いながらそれも一兎一兎確実に捕まえ、しかもそれぞれの専門家としてやり抜いていることに強く感銘を覚えた。「人生一つのことだけでは細すぎる。幅広に長く生きよう。人生遅すぎるということはない。二兎も五兎もチャレンジしたらいい」などの言葉が、多角的な活動をする先駆的な女性ワーカーとして輝いている。私も専門家ではないが、趣味としてマルチに楽しんでいるので、共感するところが多い。六十年過ぎてもなお彼女の能力、行動力は色あせていない。ご高齢であるが、まだご健在のようである。

一月二十一日

入院から三十七日、思ったよりも早く退院できるようになった。主治医の先生も意外に早く治ったといっていた。結核性のカリエスの可能性があると検査を続けてきたが、菌は発見されなかったようだ。結核性でないということになると今まで飲んでいた薬代が全部自費で払わねばならなくなるとのこと、矛盾を感じるが、退院時に母にお金を持ってきてもらい支払いを済ませお世話になった主治医はじめ婦長、関係者にお礼を言って病院を後にした。

退院してからしばらく家で療養していたが、父が仕事を手伝ってくれと言うので、体を慣らすつもりで手伝っていた。

父の仕事は漁船のエンジンの修理をする仕事で、仕事が不安定で他の工場の下請けをやっていた。小さな金属部品を旋盤加工する仕事で、あまり金にならないようだった。父はお前がいると助かる。会社を辞めて家の鉄工所を手伝ってくれと言った。私は会社の上司に近く出勤しますと言っていたので、父のことは気がかりではあったが、二月十一日から出勤することになった。

二月十一日、化膿は止まり傷口はふさがり退院したのであるが、十年後にまた再発、同病院に入院することになり、最初入院した時と違う病名が告げられた。毛巣膿疱という奇病であることが分かり、手術を受けた。この病気は仙骨のあたりから、体毛が皮膚の中に生え、それが化膿して膿が出ていたのだ。

手術で皮膚の中より出てきた体毛は集めると小筆ほどあった。珍しい病気で外国人に多く、米兵に患者が多かったのでジープ病と言われていたそうだ。私はジープなど乗ったことがないのに、と思いながら、主治医は術後に採取されアルコールに入った体毛を見せてくれ、学会で発表するサンプルとして使いたいと言っていた。

そんな私も五十日ほどで退院できた。日記は三日坊主ではなかったが、年の終わりごろは会社も忙しくなり、とぎれとぎれの日記になった。

6 障がい者と

盲導犬と障がい者

仕事の関係で出張することがある。

その日は妻と二人で博多に行くことになり、ＪＲ中津駅で座席指定を二枚買い列車に乗ると、私たちの指定席に先客が座っている。何度か指定券の番号と座席番号を確認するも、その席は私たちの指定席である。そこには盲導犬を連れてサングラスをかけた五十歳くらいの男性が座っているではないか。「もしもしこちらの席は私たちの席ですが」と言っても動かない。肩をたたくと、少し慌てて動揺したが、その方は言葉を発せずに、盲導犬を椅子の下に足で押し込めようとする。

盲導犬も大きいので椅子の下に収まることはできない。聞こえているんだろうか？　言葉が出ない。盲目だけではなく、盲ろう者なのかな？　と思った。健常の方であれば「すみません」と言って席を代わるだろうが、この人は自由席への移動は困難だと思い、聞こえているかどうか分からないが、「そのままでいいですよ、自由席に行きますから」と言って肩をたたき、私たちは隣の自由席車両に移動した。幸い自由席には数席の空きがあったので、そこに二人で落ち着く。

間もなく車掌が検札に回ってきた。指定券で自由席に座っているので理由を話すと、車掌も盲導犬とその同伴者のことは知っていて、「先ほど注意したのですが……すみません」と言葉を濁したので、「いいですよ、自由席でも座れれば同じですから」と言って事は終わった。

誰にも指定席の座席番号を間違って座ったことは一度や二度はあると思うが、盲導犬に席を譲るのはそんなにあることではないと思って、「なんかいいことあるよ」と、妻と笑い合った。

言葉は光

先日『ことばは光』（福島智著）という本を読んだ。九歳で失明し、十八歳で耳が聞こえなくなり、光と音を失った盲ろう者で、二重の障がいを抱えながら大学教授にまでなった方の自伝である。指点字という方法をお母さんが考案し、息子とのコミュニケーションができるようになり、闇と沈黙から世界が広がっていく。壮絶な人生であるが、その苦悩や絶望を生きる希望へと変えるエッセイである。

私はこの本を読んで障がいのある方々の力強く生きていく姿を、健常である者も、もっと学んでいかなければならないと感じた。

列車の中で私の指定席に座っていた障がい者に思いをはせ、この方にもご家族にも、人に言えない壮絶な人生があったのだろうな、と感じさせられた出来事であった。

ＪＲも車椅子の方には乗車する時、下車する駅での介助はしているようだが、盲導犬を連れた方には乗車介助はしていないのだろうか？

乗車すべき席まで案内すれば、間違った指定席に座ることはないだろうと疑問に思った。

ＳＤＧｓ

〝誰一人取り残さない〟というＳＤＧｓが叫ばれて久しい。

弊社は、障がい者を社員数に対して二・七人以上の法定人数を採用しなければならないが、現時点で、障がい一級が二名、二級が一名採用されている。一級者は二名分に相当するとの規定により、五名の採用をしていることになり、障がい者雇用に十分貢献していることになる。

ＳＭ君は肢体不自由下肢となり、骨折による両下肢機能全廃で一級である。彼は前職の作業現場で足場から落ち、脊髄を損傷。その会社に入社して初めての給料日に事故にあったとのこと。その後入院し、リハビリに励み、現在は車椅子生活であるが、弊社に入社した時は、障がい者用に改造した車を運転して、自宅から五〇キロの道を通勤していた。コロナ禍になってからは在宅勤務になり、リモートで仕事に励んでいる。

彼の結婚式に出席した時に驚いたことは、新婦はＳＭ君が入院していた時に、彼の看護にあたっていた看護師とのこと。毎日、看護で顔を合わせているうちに、お互いに惹かれ合ったそうである。彼の障がいのことをよく理解した上での結婚であり、専門知識もあるので、こんな素敵な伴侶に巡り合うことができて、彼は幸せ者だと思う。二人の子供も大きく成長し、ますます仕事に精が出ることだろう。

ＳＡ君は肝臓機能障がい一級で息子の肝臓を移植してもらったそうである。現在回復に向けて療養中であるが、復帰に向けてリハビリをしている。

Ｎ君は心臓機能障がいで肢体不自由体幹と合わせて二級判定で、仕事は在宅勤務で続けている。

コロナ禍が落ち着いてくるにしたがって、テレワークを廃止する企業もあると聞くが、弊社はコロナ禍以前から、テレワークを取り入れており、コロナ禍になってから、よりプラスにその効果が出ている。

まず従業員の往復の通勤時間が有効に活用できる上、交通費が節約できる。学校の行き帰りに子供に接する時間が増える。両親を介護している者は、身近にいて助かります、などの声がある。現場に出る者も、時短などで家族とのふれあい時間が増えて助かっています。また、Ｚｏｏｍなどの活用により集まって会議をすることが少なくなり、出張費や宿泊費が減少し、経費の削減にもつながっている、などなど、当社としてはコロナ禍をプラスにとらえ、その効果が表れていることはありがたいことである。

〝誰一人取り残さない〟をスローガンにＳＤＧｓを、国も企業も取り組み進めているが、企業発展にもつながっていく積極的な推進をしていかなければならない。盲導犬のみならず、企業も個人も、障がい者の道案内役になっていかねばならないだろう。

7　我が家にハヤブサと鳩が侵入

孫が叫んだ！

「じいじ〜！　鷹のような大きな鳥が中庭に入ってきたよ！」

隣の事務所にいた私は「すわっ」と自宅の中庭に行ってみると、鷹と鳩が我が家の中庭でバタバタと飛び跳ねている。鷹が鳩を追って庭に飛び込んできたのだ。

我が家の中庭は、四面を壁とガラス戸で仕切られていて、鷹も鳩も壁やガラス戸にぶっつかって上に飛び上がれない。まさに「四面楚歌」状態だ。

鷹は水平飛行は得意とするが、上昇方向に上がるのはあまり得意ではないようだ。孫に網を持ってくるように言って、鷹が枯れかけた数本の観葉植物の間に入り込んだすきに、網を鷹の頭からかぶせ捕獲した。なにしろ虫取りの網で鷹を捕獲したのだ。緊張しながら、羽と尻尾をそろえて左手でつかみ、くちばしでつつかれないように右手で足をつかんで、慎重に網から取り出した。

中庭を暴れ回ったので鷹の羽が傷んでいないかよく見てみたが、大丈夫のようだ。意外におとなしく私の両手に収まった。羽の表面を手で撫でると、ビロードのようになめらかで、赤ちゃんの頭の毛をなでるような柔らかな感触があった。

鳩の方は、こちらが鷹を捕まえている間に、上空へ飛んでいったようだ。鳩は、孫の通報のおかげで鷹の餌食にならずに済んだのである。

おもむろに外に出て鷹を大空に放つと、勢いよく近くの森の方へ飛んで行った。孫は捕獲の様子をスマホに収めていた。鷹を放った瞬間、近くにいたカラス数羽が、ガアガアと鳴きながら逃げ回っていた。ひょっとしたらこれで私は鷹匠になれるかもしれないぞ、と思っていた。大空に放つまでは本当に「鷹」と思っていた。

鷹ではなくハヤブサだった

後にSNSに孫が撮った写真をアップしたところ、鳥類に詳しい人からコメントがあり、それは鷹ではなくハヤブサではないかと、ご指摘があった。そういえば鷹より少し小さいような気がしたので、ハヤブサで間違いないと思った。資料を見るとハヤブサも鷹と同じように訓練すると小動物の狩りをするようになるとのこと。これも鷹狩というのか、ハヤブサ狩りというのかは分からない。

我が家の地域は環境もよく、小高い平野になっているので災害も少なく、住宅地に適していると思われているのか、ここ数年、道路に面した両側には住宅が増えてきたようだ。でも周りは田んぼがまだまだ広がっている田園地帯である。少し先には、丘というのか小山というのか、こんもりとした森がある。そこには、キジ、トビ、野鳩、鶯、シラサギなどがその季節により集まってくるようだ。その中にハヤブサもいたのかもしれない。

鳥の中でもこんなかっこいい名前の付くものは、そんなにいないだろう。いろんなものに「ハヤブサ」のネーミングがつけられている。西村京太郎氏の小説で有名になった寝台特急「はやぶさ」がある。あまりミステリーは読まない私であるが、旧国鉄が展開した「ディスカバー・ジャパン」のキャンペーンに乗せられて夢中で読んだ。その「はやぶさ」の名は、「新幹線はやぶさ」に受け継がれている。バイクにも「隼」がある。かつての戦闘機にも「隼」の名前が付けられていたようだ。特に有名なのが、小惑星の物質を持ち帰ることに成功した小惑星探査機「はやぶさ」がある。

速いというスピード感が人気のネーミングにつながっていると思われる。速いだけではなく立派に仕事をするのである。大空高くから地上を俯瞰し、人間の目より小さい眼球で人間より、遠くの獲物を見つけ、弾丸のようなスピードで滑空し、獲物を捕獲する。そのスピードと眼力に魅せられるのだろう。

私は本物のハヤブサに触れることができた。しかも野生のハヤブサを手づかみできたという貴重な体験をしたのである。日本野鳥の会のメンバーでもそんな体験はなかなかできないのではないだろうか。

大空に放つ前にハヤブサと顔と顔、目と目を合わせ、一瞬の対話をしたのだ。「ハヤブサ君、大空で自由に活躍しておくれ、だが弱い者いじめはだめだよ」と言ったつもりだったが、そこは猛禽類、鋭い目でこちらをにらみ返してきた。しかし、このハヤブサ君、私の両手につかまっている間、慌てるでもなく、じっと落ち着いている。堂々とした姿である。まるでペットを抱いているように私もその感触を楽しんだ。人間とは相性がいいようだ。だから狩りにも使われるのだろう。

動物や鳥類は弱肉強食の世界である。これは自然界の掟であるが、人間の世界にも最近は弱肉強食が、地域紛争や戦争という形で行われている。武力で近隣の国や住民を脅したり、戦争を仕掛ける奴らがいるのだ。

歴史は繰り返すと言われるが、いつまでこんな愚かなことを続けているのか、いつまでこんな愚かな為政者が湧いて出てくるのか。人類を害するものを駆除しなければならない。そんな悪人たちを捕獲する猛禽ドローンはないものか。

8　のん兵衛親父と角打ち

親父はのん兵衛だった。仕事帰り、途中にある酒屋に寄って、角打ちをして帰るのが日課になっていた。私がまだ五、六年生ごろだったろうか、親父に連れられて一緒に酒屋へ入ったことがある。先客が二、三人いて、親父も仲間に入ってコップ酒である。親父の好みは三楽焼酎に赤玉を少したらし、葡萄酒のように赤くなった焼酎を飲むのが好きだったようだ。酒屋のおばちゃんが、スルメをくれた。当時はほとんど通い帳に付けてもらい、まとめて支払いをしていた。母は、盆や年末、酒屋から掛け売りの集金が来るので、支払いに苦慮していた。除夜の鐘が鳴ると、「あー、よかった」と安堵の声を出していた。

親父は家に帰ってからも夕飯の前に飲むのだ。ちゃぶ台に焼酎瓶、湯呑と少しの肴があればいいのである。機嫌のいい時は、古賀政男の歌が好きでよく「酒は涙かため息か　心の憂さの捨て所」とギターの音まで口真似をしてうたう。

当時の父の心の憂さの捨て所は、一日の仕事を終え、一杯飲む焼酎に心を酔わせることであったのかもしれない。母は飲みすぎないように注意するのだが、焼酎の一升瓶は二日で空になった。親父が若いころはそれでも毎朝元気に仕事に出かけていたが、年数を重ねてくると体に影響してくる。

親父は、船舶のエンジンの修理をする小さな鉄工所をやっていた。漁師は現金払いではないので、集金に出かけていかなくてはならない。漁のある時は気前よく支払いしてくれるが、漁の少ない時は何度行っても「今お金がないので、今度の漁で金が入ったら支払う」ということが度々あり、やけくそになった父は帰りの途中で飲んで、ぐでんぐでんに酔っ払い、川沿いの土手に寝っ転がっていることもあった。ある時、近所のおじさんから、「あんたんとこの親父が堤防の土手に寝ちょっどな」と、知らせに来てくれて、車なんぞ誰も持っていない時代、中学生の私は隣の漁師に借りたリヤカーを引き、自分で歩くことができない親父を土手から引き揚げ、リヤカーに乗せ連れて帰ったこともある。

私が中学生になったころ、父は山国川の河口に漁船のエンジンを修理する工場を建てた。家と工場が棟続きの小さな工場である。屋根は切妻造りの安普請で、板張りの上にルーフィングを張った簡単なもの。天井板も貼っていないので、雨が降るとザーザーと凄まじい音がしていた。

この工場は石灰を焼成する小屋の横にあった。土地は石灰を製造しているHさんの土地を借りたものである。

　石灰小屋は四、五メートルほどの高さがあり、石灰石や貝殻を焼成して石灰を生産していた。石灰石は船で川べりまで運んできて、そこからトロッコで三〇度ほどの傾斜で窯の上まで運び、窯の上から石灰石や貝殻そして薪を投入するのである。窯に火が入り焼成が始まると、燃焼に二、三日、冷却に二、三日、生石灰の取り出しを含めると一週間ほどかかっていたようだ。燃焼が終わったら窯の下にある空気取り入れ口からスコップで生石灰を取り出し、ふるいにかけて袋詰めしていた。

　石灰を生産していたHおじさんはいつも上半身裸で石灰石を大きな鎚で割ったり、焼成が終わった生石灰を袋詰めするまでを一人でやっていた。痩せぎすの体ではあるが、筋肉は張っていて、日焼けした肌は黒ずんでいた。

　窯の底は生石灰を取り出した後はしばらくは熱を持っているので暖かかった。窯が冷えたころ、私も窯の下に入ったことがあるが、下から窯の上を覗くと石灰や石炭などの燃料を受け、風通しがよくなるように鉄のドストル（鉄の格子）が井桁状に組まれていた。

　父の酒飲みの話に戻るのだが、いつぞやは、父は酔っぱらって、その窯の下の空気取り入れ口で寝ていたのである。遅くまで帰ってこないと思っていたら、石灰窯のHおじさんが窯の下に寝ている親父を見つけて、父を起こし、父の片腕を肩に回して引きずるように連れて帰ってくれた。もし窯の中に残留ガスが残っていたら大変なことになっていたかもしれないと思うと、父の後先を考えない酒に麻痺された神経に振り回されるばかりだった。

「わしは酒で死んでも本望や」と言っていたが、本人の言っていた通り肝硬変になり、五十九歳でこの世を去った。


私も社会人になり、会社勤めをすると、付き合いもある。そんなに飲めもしないが、その場の雰囲気は好きである。時には会社の先輩と角打ちをすることもあった。

就職した会社が発電所のプラントを施工する会社であった。新小倉発電所の建設の時、主要道路は建設のため整備されていたものの、周辺は埋め立てたままのスキーのモーグルができそうな小山になったこぶだらけの土地を、通勤者は蛇行しながら道なき道を通り抜け、電車の駅から、また寮から、自転車で通勤していた。

そのこぶだらけの道の途中に赤ちょうちんが一つ二つ並んでいた。バラック建ての一杯飲み屋である。仕事帰りの作業服のまま、気軽に寄れる酒屋で、裸電球と赤提灯が気兼ねなく暖簾をくぐる雰囲気を醸し出していた。

先輩棒心（作業責任者）を自転車の後ろに乗せ、赤ちょうちんに吸い寄せられて暖簾をくぐり、職場仲間と合流し、コップにあふれるお酒に口を寄せ、唇を尖らせてきゅきゅきゅと吸い込む、その瞬間がたまらない。焼き鳥やスルメなどを肴に、ダベリングである。角打ちでのおしゃべりは何でもありで、知らない隣同士でも気軽に話をする。合いの手を入れてくる女将さんなら、なお親しみが湧く。

ほろ酔いで店を出てまた先輩を自転車に乗せてハンドルをふらふらさせながら寮までたどり着くのである（もちろん飲酒運転で今はできない）。

あれからうん十年、角打ちにご縁がない。北九州は角打ちの発祥の地と言われている。工場労働者の憩いの場であり社交の場でもあった角打ちが、最近北九州でも復活しているようだ。ひと昔を偲んで北九州で角打ちをやってみたいものだ。

角打ち文化は北九州のみならず地方でも昔からやっていた。うちの親父もそうだ。のん兵衛親父の気持ちも分からないではないが、ほどほどで楽しまなきゃ己の寿命にも影響してくる。振り返ってみると、酒飲み親父を嫌っていたこともあり、成人になってから、親父と一緒にお酒を飲んだ記憶がない。時には親父の愚痴でも聞いて一緒に飲んだら、親父も喜んだだろうな、と述懐することがある。

自分も年を重ねて、晩酌などする時、そんな親父が思い出の中でいとおしく感じる。

商工会の役員をしていたKさん宅は代々の酒屋である。その旦那であるKさんに用事があって店に寄ると、四、五人の角打ち仲間たちが丸い椅子に腰かけ、コップ酒や缶ビールを飲みながらスルメやつまみをしゃぶり、角打ちをしている。

「よう、久しぶりだなぁ、稔ちゃん。一杯飲まんかね」

と声がかかる。幼いころ、近所で一緒に遊んだ一つ二つ上のSさんがいた。

「ほんとに久しぶりだね、Sさん、元気ですか？　今日は車なんで遠慮しとくわ」

と言いながら、しばらく談笑に加わる。

最近は居酒屋で腰を落ち着けて、気の合う仲間と交わす水割り焼酎の方が自分に合っているような気がしてきた。

9 指紋のない手

幼少のころ、近所の子供たちとの遊びで、

手に持つなあに
当てたらえらい
さわっただけで
わかるはふしぎ

とうたいながら、目をつむった子は手を後ろに回し、おもちゃなど、そこらにあるものを手に渡すと、「えんぴつ」とか「コップ」などと手に握ったものを当てるという遊びである。このゲームを思い出すと、人間の手の感触のすごさを感じる。握ったりさわったりすることで、ものに触れた感触、熱い、冷たい、痛いなど、外界との情報を一瞬のうちに伝える神経伝達の速さには驚かされる。

指先を使っている人は長寿の方が多いそうだ。指には数百本もの末梢神経が集まっていて、指を使うと脳が活性化し、さらに創造的な活動が脳を刺激するので、意欲が高まり生きがいになっていると考えられている。

私も子供の時からものづくりが好きで、竹トンボや模型飛行機などを作って楽しんでいた。工場やものづくりの作業場で働く人も多いと思うが、多くの商品が人間の手作業、機械作業で世の中の役に立つものが造られているのである。最近はロボットが発達してきて人手に代わってきているところも多いが、そのロボットも人間が造るのである。

私の手の指先には指紋がない。厳密には消えてしまったのである。じっと自分の手を見ると、指紋がほとんど分からないほど、指も手のひらもすり減って、つるつるであることに最近気付いた。年齢によって指紋が消えるということもあるそうだが、私の場合は、長い間の手作業などですり減って、指紋が消えたと思っている。

交通違反などで指紋採取されることもあるが、数キロオーバーでも黒い墨を付けられ、指をローリングさせられながら押印させられるほど、屈辱的な思いをするものはない。

数十年採取されたことがないので、自分で試しに黒いスタンプインキで指紋採取をしてみた。かすかに指紋らしきものは見えるが、中心部は、ほとんど真っ黒で判定には苦労するだろう。そもそも警察の厄介にはなりたくはない。

コロナ禍が五類になってから、社員とのコミュニケーションを図るため、全国の営業所を回り、懇親会をしている。初めて会う社員もいるので、自己紹介や近況などを話してもらっているが、みんな和気あいあいに自由な懇談ができている。「今度結婚します」「二人目の子供ができました」「家を新築しました」など聞くと嬉しい。中には「離婚しました」と報告する者もいる。それもあっけらかんと言っているので、みんなが笑う。あの笑顔の報告は、離婚して喜んでいるのか、聞いている方が戸惑う。

一人一人の飾らぬ報告に先輩たちが突っ込みを入れるなどしながら、次々と近況報告が続く。

弊社に入社して八年になるベテラン社員N・K君が、営業所の新しい事務所開きで、私と握手した時の話をした。

「私は、会長の手が大好きです」と言ったまましばらく言葉が出ない。

「わしの手？」と「わしの手は指が短くて……」と私は言いながら自分の両手を眺めた。彼は手のことはその先は話さず「会長にお会いできて嬉しかったです」と語った。

後日、「営業所訪問ありがとうございました」と電話があった。私も「手」のことが気になっていたので、彼に聞いてみた。すると、「あとでメールを送ります」と言って、後日メールを送ってきた。

仲宗根会長

お疲れ様です。

先日は、たいへん楽しい会に参加させていただき、ありがとうございました。約三年ぶり会長にお会いでき、嬉しかったです。

以前のように、定期的にお会いできる日常に戻ればいいですね。

またお会いできる日を、心待ちにしています。


先日、私が会長の手が「大好きです」と発言した意味を箇条書きにさせていただきます。
一、会長の手は、温かく安心できる
二、会長の手は、分厚くてカッコいい
三、会長の手は、優しく笑顔にさせてくれる
四、会長の手は、いろんな経験をされ、今までの人生を物語っている
私も、会長のような温かく、カッコいい男になれればと思っています。

熊本、宇城営業所　N・K

ここにN・K君のメールを提示するのは面映ゆい気もするが、彼に了解を得た上で掲載することにした。

社員との懇親会で、想像もしていなかった言葉をかけられるとは、会長としてこんな嬉しいことはない。

これまでも私は多くの方と握手をしてきたし、従業員とも何かの折に、「頑張ってよ」と、励ましを含めて握手をしてきたと思う。しかし、人と握手をする時は、こちらの気持ちが、手と手を通して通じ合うのだと感じた。

握手する時、力いっぱい握りしめる人がいるが、私はあまり握りしめたりはしない。強くなく弱くなく、軽く手を出すと、相手が握ってくる。そっと優しく手を出すのである。その感触が伝わっているのかな、と思った。

私は定時制高校に通いながら、十六歳の時から父の鉄工所を手伝い、学校に通っていた。昼間は真っ黒に油まみれになって働き、夜は自転車で学校に駆け付け、蛍光灯の下で級友と四年間学んだ。社会に出てからも現場一筋に人が嫌がる仕事も進んでやってきた。独立後も自ら設計した機械や装置を、製作から現場組み立てまで、社員と共に必死で働いてきた。

長い年月かけて、すり減った私の手には作業中に怪我をした傷跡が残っているが、その手でどれだけの仕事をしてきただろうか。ゴッドハンドではないが、この手、この指に感謝したい。これからもあくなき趣味のものづくりを楽しませてくれるだろう。

先日、娘が孫（七歳の女の子と五歳の男の子）を連れて来て私もいっしょに大型ショッピングセンターに行った時のこと。男の子は特に走り回ろうとするので、手を引いて歩いていると、「じいじの手はやわらかい」と言われた。この時も「おや？」と思った。

私はあまり孫の手を握りしめないのである。孫の方が私の手を握るようにする。意識はあまりしていないのだが、習慣的にそうなっているようだ。それがいいのかもしれない。両手にかわいい孫の手を引きながら、いや引かれているのかもしれない孫の手の心地よい感触を楽しんだ。

ふと、自分の手をすり合わせてみるのだが、つるつるして気持ちがいい。自分で言うのもなんだか変であるが、そう思うのだから仕方がない。指紋すらすり減ったような、私の手が自分でも気持ちがいい。

これからもたくさんの人と握手をすることだろう。この手を通して相手に何かを伝えられたらいいと思っている。よく頑張ってきた手だな。これからもよろしく。

10

変調と復調

「はじめに」のところで、「変調と復調」と書いた。これについては普段あまり使われる言葉ではないので、ここで説明をしておきたい。

今や携帯電話やパソコンのない生活は想像できないほど、世界に普及しているし、ますますデジタル化が進みＡＩ社会になっていくようだ。普段、何の疑問もなく、携帯電話やパソコンなどを通して友達や仕事で通信をしている。そこでどうして遠くにいる人と話ができ情報のやり取りができるのだろうか、と疑問に思ったことはないだろうか。

こども電話相談室で「どうして遠くにいる人と携帯電話でお話ができるのですか」と聞かれたら答えられますか？

あまりにも普通に当たり前に使っていることを今さらと思うかもしれない。

私が相談員であったなら、たとえ話で説明すると分かりやすいと思う。

君のおばあちゃんが遠くに住んでいて孫の君に田舎でとれた美味しいお芋を送ってあげよ

うと思ったら、おばあちゃんは、段ボール箱にお芋を丁寧に包んで、宅配便で送るよね。そうすると宅配のお兄ちゃんが集配に来て、トラックに積み込み、集荷した荷物は配送センターなどで目的地別に積み替えをする。それから配送先に向かい、各家庭に配達される。届いた荷物を開梱すると、おばあちゃんからのお芋が、君のもとに届くということになる。

これを携帯電話にたとえると、お芋はおばあちゃんの話す言葉、いわゆる、音声なのだ。梱包して宅配のトラックに積み込むことを「変調」するということになるかな。トラックで運ぶということは、おばあちゃんの声を電波に乗せるということ。お芋など集配された荷物は、配送センターに運ばれ、各地に仕分けされる。電波で言えば、地域の隅々まで電波が届くようにするため中継局で周波数変換などが行われる場合もある。そして中継局から、端末（各個人の携帯やパソコン）に届く。家に着いた荷物は、梱包を解く「復調」で中からお芋が出てくる。

これと同じように、おばあちゃんの声が君のところに届くということなのだよ。荷物が届いたら、宅配のお兄ちゃんは帰っていくことになり、おばあちゃんとのお話が終われば電波は切れる。

ということで、電話は宅配がものを運ぶのと同じように声を運ぶ機械なのだよ。たとえ話は分かってくれたかな？

宅配には時間がかかるけど、電波を使ってお話しすると、すぐ隣でお話しするように、瞬時に君の声が届くんだ。電波ってすごいね。電波の速度は光と同じ一秒間に三〇万キロメートル進むんだよ。速いね。

それじゃあまたお電話くださいね。こども電話相談室でした。

難しい言葉はたとえ話、比喩として話をすると分かりやすい。

「はじめに」に書いた「変調と復調」について、文章を作る場合の例えで、頭で考えたことを文字に置き換えることを「変調」と表現した。文字が本になり読者が読むことを「復調」としたのである。いわゆる文字が本になり、読者に届いて読まれるまでを、電波が情報として伝わるまでの例として使ってみた。

私は高校生の時からラジオの組み立てなどしながら、アマチュア無線に興味を持ち、二十歳で免許を取得し、年を取ってからも趣味として楽しんでいる。

無線通信でも、送信機で音声を電波に乗せる時に「変調」した電波をアンテナから送り出す。受信の場合は送られてきた電波が、アンテナを通して受信機で受け取り「復調」して音声、信号部のみを取り出して再生する、ということで、無線通信、データ通信は、双方向の通信が可能となっているのである。この原理は、テレビでも、携帯電話でも同じである。最近のインターネットなどデジタル社会、ＡＩ社会の発展は留まることがない。人工衛星による通信や、自動運転などもすべて電波によって可能になっている。

無線通信は一八九五年イタリアのマルコーニによって発明され、百数十年の間、世界の英知と研究者たちによって高度な進歩を遂げ、社会の発展と人類の生活向上に役に立っているのである。こんな素晴らしい通信システムを悪用する者たちが出てくることは残念なことであり、人類に幸と善をもたらす平和な通信手段として貴重な電波を活用してほしいと切に願うものである。

私はまだ少し電波を活用させていただきたい、と夢を描きつつ、今日も世界に向かって声と信号で電波を発信している。

11 ワープロ

複写機メーカーR社の営業担当者A氏はたびたび弊社を訪れていた。

三十年ほど前だろうか、ある日、彼がワープロ専用機を持ってきた。私は当時、文書作成はまだ手書きだった。

そのころはすでに、機械設計ＣＡＤを導入して図面を書いていたのであるが、ＣＡＤ上の文字は、画面に現れる漢字、ひらがな、アルファベットを和文タイプライターのように、一字一字ずつクリックしながら表示していた。キーボードもついているので、数字だけはキーをたたいた方が速いが、文字もそれを使えばいいのに、まだキーボードに慣れていなかったので指の方がおぼつかない。仕方なく、和文タイプライターのように、文字をマウスで拾いながら使っていた。図面はマウスで書けるし、問題なく十分に書けていた。

そこにワープロ専用機を持ってきたのである。

今のノートパソコンを小さくしたような持ち運びもできるコンパクトな形で、感熱印字方式である。

営業のＡ氏は大きな体をしているが、いつも柔和な笑顔でこちらの頑なな気持ちを、出来立てのお餅をこねるように、丸めていく、根っからの営業マンである。

「最初からタッチタイピングで覚えた方がいいですよ」と言って、指のホームポジションを決める。手とり指とり、赤子におもちゃの扱いを教えるように、

「左の人差し指はＦ、右の人差し指をＪに置き、他の指は横並びにキーに並べ、それぞれの指のキーポジションを決めるんです」

と丁寧に教えてくれる。

「一週間もすればマスターできますよ」

「しかし、若い者と違って指の動きも遅いし、頭も鈍くなっているのでほんとにできますかね」

と予防線を張っている自分であった。

テレビでも時折、キーボードをたたくシーンが出てくるが、ほんとに文字になっているのか、と思う場面もあり、両方の人差し指で、ぽつぽつと打っている文筆家もいる。「それでよく小説が書けるなあ」と、見ている方が恥ずかしくなるくらいに遅い。

同じくキーボードをたたくなら、しっかり覚えて指先を見ないで打ってみたい、と思うよ

うになってきた。ほんとにおもちゃを与えられた子供のように夢中でキーボードをたたいて、練習をしたのである。

　最初はキーをたたくスピードが上がらなかったので、手書きで書いたものをワープロに打ち換えていたが、だんだん慣れてくると、頭で考えながら文字を直接打てるようになり、その方がスピードが上がる。

　社内文書、通達事項などを出すにも便利がいい。社外文書もそれなりにワープロで書いて送れるようになってきた。


　平成五年から、社内新聞として「ナカソネ住設ニュース」を発行してきた。社説的な記事や随筆、社員からも営業所のニュースなどを募集し、編集担当を決めて年に六回発行することにした。社内だけではなく社外の人で「楽しみにしています」と言ってくれる方もいた。

　私がこれまで社員に伝えてきた記事や随筆などを小冊子にまとめて、会社創立十周年の記念行事に社内外の方々に配布して、弊社の経営姿勢や、社員の日常の仕事の取り組みなどを伝えてきた。小冊子のタイトルは「蒼天」である。「まえがき」には、企業経営を続けていくためには、幾多の困難を乗り越えていかなくてはなりません。どんな風雨のときも雲の上には青空が広がっています。そんな思いを感じながら題名は「蒼天」としました。

三十年前の小冊子「蒼天」とナカソネ住設ニュースを、東京営業所のある社員が私に見せようと思って持ってきた。私も思い出のある社内誌である。内容は今読んでも新鮮な感覚で読めるし、このまま社員に伝えたい内容も多くある。

その後、入社した社員はほとんどが知らないであろうが、創立当時からの会社の経営方針や社風は引き継がれ、時代の変化に合わせて、進化し向上しているのではないかと思う。社員みんなで会社の繁栄や社員の育成に取り組んでくれたおかげである。

社内報を書き始めたころから、ワープロ専用機からパソコンに代わってきたので、当時、ワープロソフトとして躍り出てきた「一太郎」を使うようになってきた。

日本語ワードプロセッサーソフトの登場である。真っ赤なパッケージに一太郎の大きな文字、当時PC-98を使っていた人たちは、ラーメン屋の行列のように一太郎を買い求めるため、並んでいるニュースも流れていた。私も早速一太郎をインストールして使い始めた。なかなかいい感触である。孫の手を引いて散歩に出かけるように気持ちよく手が動く。この一太郎でずいぶん社内外の文書を作成してきた。

ある時期から、マイクロソフトの「ワード」が主流になってきたと聞き、せっかく慣れた一太郎からワードに変えた。最初は若干の違和感があったが、少しずつ慣れてきて、今日では手紙も社内外文書もエッセイもワードである。

最初にタッチタイピングを教えてくれた彼とは、今も時々飲み友達として長い付き合いを続けている。

12

ローマで休日

「何かの間違いじゃないの、『ローマの休日』じゃないの?」と言われそうである。この物語を借用すると、ヘプバーンにお叱りを受けるかもしれないが、「の」と「で」の違いについて話をしよう。

『ローマの休日』は言わずと知れたオードリー・ヘプバーン主演、ハリウッド・デビュー映画であり、相手役はこちらもアカデミー賞スター、グレゴリー・ペックの愛と微笑ましさあふれる映画である。私がこの映画を観たのは二十代だっただろうか、未知の国ヨーロッパに遠い憧れを感じたのである。

あの映画を観てから三十数年過ぎた二〇〇一年四月、妻と共に「イタリア地中海大西洋十二日間クイーンエリザベス2世号クルーズ」の旅へ出ることになった。あまり乗り気でなかった妻を説得し、出発前の旅行会社のオリエンテーションに出かけた。ご夫婦で参加される方も数組いたので妻も徐々にその気になって出発の日を迎えた。

成田からヴァージンアトランティック航空に乗りロンドンに向かう。ヒースロー空港で乗り継ぎローマへ飛ぶ。イタリアに到着し、レジーナホテル・バリオーニ泊。エントランスは、大理石を敷き詰め張り詰めたアールデコ式で、アンティークな椅子や調度品がふんだんに使ってある。ロビーで同行者とカメラにおさまった。ご婦人たちは気もそぞろのようである。

翌日の市内観光では、まず、スペイン広場を訪れた。「イタリアなのにどうしてスペイン広場というのか」と添乗員に聞いた。近くにスペイン大使館があるのでこの名前がついたとのこと。映画の中でも特に有名になった場所である。階段の周りには多くの観光客がいた。「ヘップバーンはこの辺に座っていたね」と、妻は階段を上り腰かけた。私も「グレゴリー・ペックはこの辺に腰かけてヘップバーンに話しかけていたよ」と、似ても似つかぬ「オドールコッペパン」と「グレソコナイノペック」は追体験を楽しんだ。多くのカップルが、階段に腰かけて話しながら束の間の旅情を楽しんでいる。

スペイン広場から少し通りを下ると、ここも有名な「トレビの泉」がある。池の淵に腰かけて後ろ向きにコインを投げると願いが叶うという伝説があるらしく、投げる枚数で叶え方が違うそうだ。一枚投げると再びローマに訪れることができる、二枚投げると愛する人と永久に結ばれる、三枚だとパートナーと別れることができる、などの言い伝えがあるようで、多くの観光客がコインを投げていた。私も一枚のコインを投げた。妻もコインを投げていたが、笑いながら投げていたので何枚投げたか知らない。

人影も少なくなってきた日暮れの広場を散策していると、若い青年が大きな楽器コントラバスだろうか、ケースから出して夕闇の淡い光に照らされた広場で演奏を始めた。しばらく演奏を聴いていて楽器ケースに投げ銭というのは失礼だと思い、置き銭をしてその場を離れた。黄昏の広場はエキゾチックなムードをたたえていた。

しばらく歩きオレンジ色にライトアップされた通りの石畳を歩いていると、教会から讃美歌だろうか、きれいなハーモニーが聞こえてきた。

夜はカンツォーネナイトを観賞、本場のカンツォーネの、陽気なイタリア人気質があふれた情熱的な声に魅了される。どこからあの天を突き抜けるような雄叫びのような声がラッパのように出るのか、不思議なほどの声量である。広い会場でワインを飲みながら、パスタやホタテ料理でイタリアンディナーをお腹一杯いただきながら、同行の日本人ツアー客と一緒に聞き覚えのあるカンツォーネ、「オーソレミオ」「帰れソレントへ」「フニクリフニクラ」など聴き、満喫したカンツォーネナイトであった。

翌日はローマに別れを告げナポリにバスで移動。四時間の長旅であったが、現地の青年ガイドの上手な日本語と色っぽいイタリアンジョーク、そして何といってもガイドがうたうプロ並みのカンツォーネを聴きながらのバス旅で退屈することはなかった。

ヨーロッパの小さな国の王女に扮したオードリーが最後に語った言葉は、

「私は国家と国家の友情を信じたいと思います。人と人との真心を信じるのと同じように……」

「王女様の期待は決して裏切られることはないでしょう」

と答えるグレゴリー・ペック。振り返ったオードリーの百万ドルの笑顔。たった一人立ちつくすペックの眼に涙。　（懐かしの名作映画ベストセレクション　監修：水野晴郎）

この映画は今から約七十年以上前の作品である。今、世界で戦争や紛争を起こしている為政者たちにこのシーンを見てほしい、オードリーの言葉を聞いてほしいと思った。

私たちの「ローマで休日」に去りがたい旅情を感じながら、トレビの泉で投げられた旅行者たちの一枚一枚のコインに込めた思いが、ヘプバーンが最後に語った言葉に通じるように願いたい。

ナポリ港にはクルーズ船クイーンエリザベス2世号が、私たちの乗船を待っている。ポンペイ遺跡および市内観光の後、いよいよＱＥ２に乗船である。これから本番の地中海クルーズが始まるのである（これから先のクルーズの旅は自伝『霧中の岐路でチャンスをつかめ』の中で述べているので割愛する）。

13 ノーベル文学賞「カズオ・イシグロ」の作品を読む

文学作品とはこういうものか、と思いながら読んだ。「小説は事実より奇なり」と逆説的に言いたくなる作品である。

保坂和志氏の『言葉の外へ』の中で、

「カフカ的」と形容される小説は多いけれど、最近私が一番「カフカ的」と感じたのは、カズオ・イシグロの『充たされざる者』の上巻部分だった。どう読んでいいのか、この小説世界にどう親しんだらいいのか、わからなくて、ずうっと不安定な気持ちのまま読まざるをえなかった。ところが、この小説は長すぎるために、下巻に入って読む呼吸がわかってしまって、その途端につまらなくなった。（「産経新聞」2001年6月10日）

カズオ・イシグロ氏は二〇一七年ノーベル文学賞を受賞している。受賞理由として、「壮大な感情の力を持った小説を通し、世界と結びついているという、我々の幻想的感覚に隠された深淵を暴いた」などと言われている。

保坂氏の評論はイシグロ氏がノーベル文学賞を受賞する十六年も前のことである。受賞後の評論も聞いてみたい。

イシグロ作品は『充たされざる者』『わたしたちが孤児だったころ』『遠い山なみの光』の三冊を読んだ。

特に『充たされざる者』は実社会ではありえない物語の展開になっている。ある音楽家が、演奏旅行に訪れた街で人々との奇妙な出来事に出会う。ホテルのエレベーター内で主人公とポーターの会話が一二ページから二四ページ（文庫本）まで続く。状況説明はない、会話のみである。時間にして大方二十分は超えていると思われる。このエレベーターは一体何階まで上がるのだろうか？

（以下、私の試算）

エレベーターの速度を平均50m/min（実際はもっと速いエレベーターもたくさんある）として50(m)×20(分)＝1000(m)（ホテルの高さ）

一階当たり約3（m）として1000(m)÷3(m)≒333(階)

このホテルは大方三百階を超す超高層ホテルであろう。スカイツリーでも高さ六三四メートルである。いやもっと高い天空に続くホテルかもしれない。

最初から不条理な夢物語として理解して読んでいくなら、多少のちぐはぐさも非現実的なファンタジーとして読んだであろうが、普通の娑婆世界で起こるリアルな物語として理解しようとしたことが、読んでいく苦痛にもなったのかなと思う。

私のようなメカニックな頭では、脳内歯車がかみ合わなくなってくる。何度も読み返し、リアルな時間の流れと非現実世界の歯車が、歯ぎしりするようにカリカリと音がしそうである。

エレベーターのドアが開くまで、途中の階に一度も止まることなく目的の階のドアが開いた。その間ポーターは二つの荷物を下に置くこともなく両手に持ったまま話し続けている。

次に映画館の中の会話である。上映中、主人公に後部座席や周りから話しかけてくる。しかも話が長い。おそらく周りは大迷惑であろうが会話は進む。普通では考えられない展開である。「そんな会話はロビーで話せ」と言いたくなる。

夢の中の話ならこれでいいのかもしれない。時間の観念や周りの雰囲気を無視した会話の流れである。

この演奏家が最後の目的である演奏会に無事にたどり着くのか？　最後まで読み終わるの

にイライラハラハラしっぱなしで、目的地に着かないもどかしさにストレスのたまる物語である。著者イシグロの目的はそこかもしれない。読んでいる読者が、「充たされざる者」になってしまう。

これでノーベル賞か？　九四八ページ読了、ああしんど！

保坂和志氏が「どう読んでらいいのか……わからなくて」と言ったことが分かるような気がする。物語の内容よりも、恣意的な不条理を織り込んだこの小説が、カフカ的と言われるのかもしれない。要するに文学作品は時間軸では測れない異次元の世界で物語が進んでいくのだと気付かされた作品である。

幻想的というのかファンタジーというのか、日本の作家で滝沢馬琴の『南総里見八犬伝』があるが、私も少年時代にこの小説を読み、映画も観に行った。

ある国の城主が隣国に攻め込まれ、飼い犬に、もし敵将を打ち取ったら姫を嫁にやると戯言を言ったのである。その夜、みごとに飼い犬は敵将を打ち取った。約束を忘れない犬は、姫の横から離れようとしないのである。仕方なく城主は愛犬に姫を捧げるという約束を守り、姫は愛犬と共に山奥に去っていく。これからの展開が百年後の姫と犬のつながりが八犬士となり活躍する、壮大な歴史ファンタジーの世界が広がる物語である。

連続テレビ小説「らんまん」の中で万太郎の妻、寿恵子が真剣に読んでいた本が『南総里見八犬伝』であった。

東千代之介、中村錦之助が出演するモノクロ映画（一九五四年）を観に行ったことは忘れられない思い出になっている。

このファンタジーを素直に受け入れることができたのは、なぜだろうか。文学小説を読むには子供のころのように頭をフレキシブルにしなければならない。

14 夜逃げの跡

弊社の営業所は現在全国に十五ある。その一つ一つに思い出があり、借りる事務所物件を探す苦労もある。

営業所開設当時は一人、二人から事業を開始していくので、そんなに資金もかけられず、古い民家を借りたり、戸建ての空き家を事務所にしたこともある。その地域の不動産屋に物件を紹介してもらいながら、あちこち見て回るのだが、帯に短しで、適当な物件を見つけるまでは何度も足を運ばなくてはならない。これからのこの地域の発展を、と夢見ながら事務所探しは苦労も多いが楽しみでもある。

ある営業所開設の物件探しで、不動産屋と一緒に一軒の家を訪れた。戸建てのまだ築五、六年くらいだろうか、新しいようだ。外壁はクリーム色の塗装仕上げをしている。

不動産屋が鍵を開け中に入ると、ちょっとこれは、という光景が玄関から見えた。部屋の中は足の踏み場もないほど、ものが散乱している。子供の机には教科書やノート、採点されたテストの用紙、教材の入ったバックまで、散らかった状態になっている。押し入れの中は衣服や布団も残っていた。キッチンには、持ち出せなかったのであろう食器類や調理器具が残っていた。

これは夜逃げした家だと思った。普通の引っ越しではない、取るものも取りあえず、その場を去ったという緊迫した状態を、そのまま残しているようだった。トラックに積み込んだにしても、その容量には限りがある。

時間との戦いもあるだろう。その時の家族の動揺や、何者かに追い立てられている切迫した状態が目に浮かび、何とも言い知れない空気感が漂っているようで、身につまされる思いであった。

どんなにつらかっただろうかと思うと、こちらが逃げ出したくなって、こんな家を事務所にはできないと、そそくさとその場から立ち去った。一緒に入った不動産屋も無言のまま外に出て鍵をかけた。

何十年も前のことであるが、その現場のことは鮮明に記憶に残っている。

私もこの情況に近かったことがある。しかし私は夜逃げすることはできなかった。工場もある。従業員、両親も家族もいる。どこにも逃げることはできないということは、もっと厳しい状態だったかもしれない。その厳しい現実に立ち向かって自分で解決していくしかなかったのである。

　取引先の倒産、不渡手形、借金の取り立て、私の前に立ちはだかった逃げ場のない苦悶の日々。

　こんな時、一か八かの勝負に出たのである。不可能を可能にするということが自分の体内に湧きあがってきた。

　倒産した会社の隣に大きな工場が建設された。「こんな大きな工場と取引ができたらいいな」と思いながら、この工場の前を何度バイクで行き来したことだろうか。

　ある日、思い切って工場の正門に入り、守衛所の受付に立った。係りの方に名刺を出し、「工務課に仕事のことでご相談したいのですが」と言うと、すぐ工務課に電話を入れてくれ、案内してくださった。

　担当の方が応対してくださり、

「突然のご訪問で恐縮ですが、私は隣町で小さな鉄工所をやっています。もし私どもにできる仕事がありましたら、何でもいいので仕事をさせてください」

　と、私の想いを伝えた。

　担当者は、丁寧に話は聞いてくれたのだが、飛び込みで営業しても世の中そう甘くはないな、と思いながら連絡を待っていた。半年ほどして「見積もりをしてもらいたいものがあるので、工場に来てください」と電話があった。

ここから私の人生が広がっていったのである（これからの詳細は、私の自伝『霧中の岐路でチャンスをつかめ』に記載しているので参考にしてください）。

夜逃げをしたかもしれない人の家に入った時の身につまされた思いに連なった私の心境は、逃げなかったことが私の人生を変えるチャンスとなったのである。不安定な世の中で、前に立ち向かっていくためには、逃げない不撓不屈の精神が必要だと思う。

最近「夜逃げ屋」という商売があることを知った。TVでも放映されたそうだが、パートナーからDVを受ける人や、ストーカーに付け回されている人、毒親から逃げたい人、今いる環境から逃れたい人など、夜逃げの現場に行き、夜逃げをする人が抱えている苦しみや葛藤を取り除き、支援する事業だそうだ。夜逃げをする人たちは、誰にも相談できなくて、その場から逃れたい一心で訪ねてくるのである。

このような商売が成り立つほど、日本の社会で苦しんでいる人がいるのかと思うと、複雑な心境になる。考えてみると、毎日のテレビや新聞で、家族同士での殺人、DV、ストーカーなどの報道がなされている現実があることを思うと、そこに「夜逃げ屋」という意外なニーズがあるのだと感じられる。商売に行き詰って夜逃げをする人よりも、そちらの方が多いのかもしれないと思った。逃げることによって新たな人生が開いていけるようになるのであれば、必要な職業であり、警察や弁護士、不動産屋などの専門家とタイアップし、夜逃げ者を援護していく必要不可欠な職業と言えるだろう。

しかし、時間とスリリングな恐怖との戦いである。綿密な作戦による腹の座った人たちの勇気ある挑戦により、多くの夜逃げ者が助かっていると思うと、複雑な気持ちで応援したくなった。

15 妻の難病

パーキンソン病

妻と二人で出張中に、あるホテルのマッサージに行った。そこでマッサージ師より、「奥さんはひょっとしたらパーキンソン病ではないかしら」と言われた。妻の歩く姿を見て、多くの方をマッサージしてきた経験からパーキンソン病の特徴を話してくれた。

病名は聞いたことはあったのだが、どんな病気か分かっていなかった。

帰宅してから、近くの病院で診察していただくと、間違いなくパーキンソン病だと診察された。担当医は、

「難病ではありますが、患者の症状に合わせた薬物療法により、症状の進行を遅らせ、日常の生活が送れるようになると思います」

と言って、パーキンソン病専門の病院を紹介してくださり、検査入院。症状は個人差があるため、薬の相性を調べ、量の調節をしたりしながら、治療が始まった。あちらにいい病院

があるといえば出かけ、こちらにあればと、何度病院を変わったか……。

遠くは宮崎まで車で出かけた。全国から患者が来るという頭鍼療法で治療を行うという診療院である。院内の説明文によると、欧米でも特にドイツ、ブラジルでこの治療法の普及が進んでいると紹介されていた。妻の治療の時もドイツから来ているという研修生が主治医の助手として補助的に治療にあたっていた。待合室ではパーキンソン病特有の体を大きく震わせている年配の患者も見受けられた。遠方からの患者でこちらに家を借りて治療を続けている方もいると聞いた。

妻は二日間治療を受けたのであるが、やはり治療は続けなければ効果が表れないようで、自分で日常生活することが難しくなっていたので一人こちらに滞在させることが難しく、続けることはできなかった。二日目の治療が終わった後、宮崎で有名な観光地になっている鬼の洗濯板の観光に行き、青島まで橋を渡り、写真を撮ったり思い出に残る治療の旅であった。

宮崎から帰って数日後、妻の高校時代の同級生から手紙が来た。仲のよかった彼女は、千葉県の方に嫁ぎ、お互い七十を過ぎ、元気で仕事をしている当時の妻のことを思い出し、懐かしくなって帰省した時に逢いたいと書かれていた。

妻の方はパーキンソン病の症状も少しずつ進み、併せて認知症の症状が出てきたので再度入院して検査することになった。その結果、レビー小体型認知症と診断され、役所や銀行などの署名も書けなくなり、私が代筆するようになっていた。

　友達からの手紙も私が読んで聞かせ、返事も書くことができなくなっていたので、私が代筆した手紙を同級生に送ったところ、彼女からの驚きの手紙が届いたので一部引用する。


昨日、ご主人様よりのお手紙を拝見して、本当に驚き、また、私自身心の整理がつかずにいます。

何故、るっちゃんが、どうしてあんなに頑張っていたるっちゃんがと、何度も自分の心に問いかけています。まさか病気と向き合っているなどと思わず、あんな手紙を書いて、本当に申し訳ないと思っています。ごめんなさい、許してください。るっちゃんのことだから、お仕事であちこち元気に頑張っている事と思っていました。〈中略〉

いつも心はるっちゃんに馳せていました。七十歳になると昔のことが懐かしく思い出され、一緒に過ごした高校時代が、つい最近の事のように次から次へと浮かんできます。

私はるっちゃんの性格が大好きでした。どんなことでも、るっちゃんの大きな心で受け止める信念を持った生き方を、とても尊敬していました。

病気と向き合うことは本当に大変だろうと思いますが、るっちゃんだったら、きっと病気に負けずに、前向きに進んでくれると思います。

迷惑でなかったら、今度、九州に帰省した時にお会いできればとお思いますが……少しの時間でも頂けたら嬉しいです。〈後略〉

二、三か月ほど経ってから彼女が病院を訪ねてきた。

彼女のお母さんが郷里のケアハウスに入居しているので面会に帰省したとのこと、その時に訪ねてくれたのである。

最初は互いに長い年月会ったことがなかったので彼女が分からなかったようであるが、高校時代の話をするうちに、少しずつ思い出したようで、互いの手を取り、涙を流しながらしばらく話していた。彼女は「あんなに明るくて快活なるっちゃんがこんな病気になるとは信じられない」とつぶやくように話していた。面会の時間も限られているので、「きっと元気になってまた逢おうね」と彼女は手を振りながら病院を後にした。

いったん退院はしたものの、その後も症状が少しずつ進み、歩行が困難になっていた。自宅でお風呂上がりに部屋で着替えをしている時、転倒してしまったのである。大腿骨を骨折してしまい、救急車で運ばれ総合病院で手術をすることとなった。私がそばにいながら転倒させてしまったことは痛恨の極みで、妻に手を添えてあげなかったことを申し訳なく思っている。

本当は家で看てあげたいが、大腿骨骨折の術後は車いすになり、息子や娘に相談した上で、病院から施設に移ることになった。

返事の来ないラブレター

令和4年7月19日
瑠璃子さんこんにちは！

久しぶりだね。コロナがまだ収まらないので、面会もできずにあなたの顔も見ることができません。本当に残念で悔しいのですが、今のところ仕方がありません。Kクリニックから、R施設に移って、急に環境が変わったので戸惑ったのではないかと思いますが、いかがですか？

いざ手紙を書こうと思うと、あなたの名前をどう呼ぼうかと戸惑っています。

「瑠璃子さん」は、他人行儀だし、「るっちゃん」は照れ臭いし、「瑠璃子」と言ったこともあまりないし、でも「瑠璃子」と呼びます。

いつだったか新婚間もないころだったと思う、私が「おい」と呼んだら、「私はおいじゃない」と言ったことがあったね。それ以来「おい」と呼んだことはないし、七つ違いの瑠璃子に「おまえ」と言ったこともないだろう。夫としてある意味、妻に敬意をもって接していたのかもしれないね。

瑠璃子とはよく旅行に行きましたね。2001年、クルーズ船クイーンエリザベス号に乗って2週間の航海の旅に出たこと、ヨーロッパの観光地を訪れたこと、今は戦争をしている国、ロシアのサンクトペテルブルグのエルミタージュ美術館を訪れたこと、イギリスのバッキンガム宮殿にも行ったね。当時の写真を同封するから思い出しておくれ。

またいつか二人で旅行に行きたいといつも夢を描いています。

瑠璃子の病気が快復することを祈っています。子供や孫たちもばあばに会いたいと、いつも言っています。

従業員たちも常務に会いに行きたいけど、コロナで会えないのが残念です、と話しています。

瑠璃子の元気な時の姿を思い出しながら、手紙を書きました。

愛しているよ、瑠璃子！　また便りをするから待っておくれ。それではお元気で！

追伸

貴女の好きなメロンを差し入れするので、施設の人や、同室の方と一緒に食べてください。

瑠璃子の最愛の夫　稔さんより

令和4年8月21日

こんにちは瑠璃子さん!

お元気ですか?　と言ったって、「元気なはずないじゃん」と言われそうだね。
でもいつも元気でいてほしい。少しでも良くなってほしい、痛みがないように、褥瘡(床ずれ)がよくなるようになどと、いつもいつも願っています。

最近はよく瑠璃子の夢を見ます。苦しかったこと、楽しかったこと、みんないい思い出です。またいつか、いっしょに旅行に行きたいと思っています。夢を見ることはいいことです。希望を持つと元気になります。瑠璃子もいい夢を見て、希望をもって生きてください。こちらはみんな元気にしています。孫たちも大きくなり、秀虎君は中学2年生、龍信君は5年生、鷹仁君は二年生と、みんな成長してきました。とこちゃんの子供も長女の榎月ちゃんは小学校一年生、劉君は4歳になりました。時々家に遊びに来て孫たちは大はしゃぎです。ばあばがいたらどんなに喜ぶだろうかと思います。

会社も大祐が社長になってから、コロナ禍の中でも毎年売り上げ利益とも向上しています。

私と瑠璃子で作った会社です。あなたが私を支えてくれたおかげで、会社はだんだん大きくなり、従業員も１８０人を超えました。従業員たちの想いは「常務！　早く元気になって会社に顔を見せてください」と言っています。

しかし、コロナで面会できないのが残念です。

思い出の写真を送ります。２０１６年5月30日瑠璃子が、古希を迎えたとき、社員たちが、お祝いをしてくれた時の写真と、忘年会をした時の写真です。

あなたの最愛の夫より

令和４年12月21日
こんにちは瑠璃子さん！
クリスマスも、もうすぐですね。お正月も近づいてきました。毎日寒い日が続いていますが、体調はだいじょうぶですか？　家族みんながあなたが元気になることを祈っています。R施設に世話になって、もう半年が過ぎようとしています。面会ができないのが辛いです。あなたもどうして面会に来ないのかと不満に思っているかもしれないと、こちらも思案しています。施設に面会できないかと相談したところ、12月30日、ガラス越しに面会させてもらえることになりました。

暮れの忙しい時に迷惑かけるけど、よろしくお伝えください。30日には私と娘、大祐夫婦そして孫たちも、ばあばに会いに行きますので、元気な顔を見せてください。

孫たちの写真と思い出の写真を送ります。それでは面会を楽しみに待っててください。

稔さんより
愛しの瑠璃子さんへ

令和5年4月3日
こんにちは瑠璃子さん！

桜の花も満開になりました。子供と孫たちは先日、花見に行ったようです。私は今年も花見に行けませんでした。いつか家族みんなでお花見がしたいなぁと、思っています。その後、体調はどうですか？　もうすぐ面会ができるようになると思います。その日が来るまで元気にしていてください。家族みんなでばあばが元気になることを願っています。

今回の似顔絵はあなたが、70歳（古希）の誕生日に、社員がお祝いをしてくれた時の写真をもとに色鉛筆で描いてみました。

このころは、しっかりと前を見据えて家族のこと会社のこと、社員のことなどみんなの幸せを願って頑張っていた頃のあなたの写真を見ながら、描いた似顔絵です。当時を思い出しながら体に気を付けて、早く元気になってください。
また逢える日を楽しみにしています。

令和5年7月11日

妻瑠璃子へ

体調はどうですか？　コロナも少し落ち着いて面会もできるようになったということで、先日、孫や息子夫婦と久しぶりに会えましたね。孫たちの成長した姿に。びっくりしたでしょう。我が家にばあばがいないと寂しいねと孫たちも言っています。私も出張など一人で旅をするときは「横に妻がいるといいのになぁ」といつも思います。

瑠璃子がまだ家にいるときのこと、瑠璃子が家から私のいる事務所まで30ｍほどの距離を、小走りに前につんのめりそうになりながら、走ってくる（パーキンソン病特有の症状かも知れない）姿が思い出されます。あの時ほど妻がいとおしく感じられたときはなかった。こっちから走りよって抱きしめたいとおもったよ。

4年ほど前、海外旅行が最後になるかもしれないと思って、シンガポールの旅行に二人で行く予定だったね。旅行会社と障害のある妻の旅先でどのようにしてスムーズに旅ができるか何度も話し合いながら、旅先でのホテルとも交渉していただき、やっと手続きができて、福岡空港まで車で行って、チェックイン手続きを済ませ、いざ飛行機に搭乗という時、パスポートを提示したところ、私のパスポートが古いパスポートだと指摘され、飛行機に乗る寸前で搭乗ストップになったね。

瑠璃子のために空港で車いすまで用意してもらいながら、何ということになったのか、一瞬、頭の中が、パニックになったよ。

このドタバタしている間、瑠璃子はほとんど無言だったね。あなたもおそらく不安だったのだろうなと、後になってわかったよ。

自分の馬鹿さ加減と悔しさで、やるかたない思いを胸に収めながら、車で家に帰る途中、冷静になって考えてみると、行かなくてよかったかも知れないと思ったよ。外国旅行で瑠璃子をサポートしていくことは困難だったかもしれないし、瑠璃子も旅を楽しむどころではなかったかもと考えたよ。旅先で転倒や、骨折などがあれば、さらに苦しむことになる。と思い直すことができたよ。今は治療に専念して一日も早く元気になってほしいと思っています。
2、3日前の新聞に認知症の薬が某製薬会社より開発され、アメリカで正式に承認されたとの記事が出ていました。日本では今秋にも承認されるとのことですが、この薬が使用できるようになれば、わが妻にも使用してもらえるのではないかと期待しています。いつか必ず元の瑠璃子に戻って、また二人で旅行に行きましょう。今度はパスポートを間違わないように気を付けます。

あなたが奇跡の回復をしますようにいつも祈っています。

あなたと初デイトした時を思い出して面会に行きます。

愛する妻、瑠璃子へ

あなたが惚れた男、みのるさんより

令和5年9月23日
今日はお彼岸で会館の彼岸法要に行ってきました。帰りにあなたの好きなおはぎを買って、お仏壇にあげ先祖代々の供養をしました。
先日、面会に行った息子夫婦から、「今日は声もよく出ていたし顔色も良かったよ」と聞きました。施設の方々も驚いていたそうだよ。
面会ができるようになってから、手紙も少なくなりましたが、これからも瑠璃子への手紙を書き続けていこうと思っています。奇跡が起こることを信じて、毎日祈りながら、あなたの回復を心から念じています。

結婚する前、あなたからたくさんの手紙をもらったね。私は半分も返事を出していなかったと思う。その借りを今、返しているようだね。その相互にかわしたラブレターと言えば照れ臭いが、その手紙を箪笥のどこかにかくしていると、あなたが、いつか話していたことを思い出すよ。どこに仕舞っているのか私は探したことはないけれど、二人が次の世に行った後、子供たちか孫たちが見つけてくれるかもしれないね。二人で交した言葉も内容も、ずいぶん昔のことで覚えてはいないけど、きっと二人の愛情が紡がれていく手紙になっていると思うよ。

今、あなたは私に返事を書くことも自分で読むこともできないけれど、ちゃんと私の中で、あなたの想いを受け止めているから安心しておくれ。これからも瑠璃子へ、返事の来ないラブレターを書き続けていきます。施設の皆さんに読んでいただいて私の想いを感じてくださ い。

お世話になっている病院や施設の方々には本当に良くしていただいています。

感謝の気持ちで日々過ごしてください。

また面会に行きます。お元気で。

その後も面会とラブレターは続いている。

　原稿を書き終え出版社に原稿を提出して後に妻の死を迎えることになりました。そのため次の「妻との別れ」は文芸社の了解をいただき書き加えました。

妻との別れ

　担当の医師は「褥瘡もほとんど治り、これからリハビリを始めます」と話していたので、これから快方に向かっていくのかなと喜んでいた。

　数日後に面会に行く予定をしていたところ、夜中、娘から、

「お母さんが亡くなった」

と携帯に電話があり、夜が明けるのももどかしく、施設に息子夫婦と一緒に向かった。いつかは、とは覚悟はしていたが、こんなに早くとは……。ストレッチャーに乗せられた妻の顔をさすりながら、冷たくなった手を握った。

　家から五〇キロほど離れた施設なので、霊柩車で自宅まで搬送してもらい、仏壇の横に安

置した。

元気な姿で帰ってほしかったよ、瑠璃子、ごめんなさい。まだまだたくさんの想いがあっただろうに手助けしてやれずに申し訳ない。

やるせなさがこみあげてくる。

通夜、葬儀は家族葬で執り行うことになり、家族には「お母さんの性格だと葬儀も明るくしよう」と伝えた。母を慕い、いつも「お母さんのようになりたい」と言っていた娘は出棺の折、感極まって涙を流していたが、息子は参列者の前では明るく振舞っていた。

家族葬としたものの多くの方々のご参列をいただき、初七日の法要と共に無事に済ませた。

私にとって、また家族にとって、大きな存在であった妻を亡くしたことに悲しみと悔恨の情が日々こみあげてくる。仏壇の横の笑顔の遺影を眺めながら、毎日妻に話しかけていると、妻が霊山に帰ったと思えなくて、朝は「おはよう。今日も家族を見守っておくれ」、夜は「今日一日ありがとう」と一日の報告をする。

「まだしばらくはそちらに行かないからね。しばらく待っておくれ」

16 コインロッカー

　東京の朝夕の通勤時間帯は人の流れが速い。勤務地へ急ぐ人、家路に帰る人々で足の運びも速い。田舎者はその流れについていくのも気おくれする。私より、ハイヒールを履いた女性の方が、歩行速度が速いのである。東京で仕事をしている以上、この雑踏の流れにもついていかなければ、熾烈な競争社会の中で生きていけない。大きなバッグは持っているが、田舎者だと思われないように深呼吸をして、胸を張り、ひとときの東京人に成りすまして、電車に乗る。

　その時、取引先との商談が済み、居酒屋で飲むことになった。数名の方々とお店に向かうために、私は荷物を新宿駅のコインロッカーに預けた。
　私のバッグはボストンバッグであったために小さいロッカーに入れようと思って、鍵のかかっていないロッカーを覗くと、広告の紙や新聞紙などが詰まっていたので、隣のロッカーを開け、バッグを入れた。

それから取引先の人たちと、居酒屋で楽しく談笑した後、ホテルに戻るためにロッカーに寄り、キーを差し込んで開けると、バッグがない。ええっつ！　と絶句したが、ないのである。大変なことになった。大事な書類、着替えの衣類や手帳も入っている。どうしようと慌ててしまった。先ほどまでの楽しい飲み会のほろ酔い気分も吹っ飛んでしまった。

交番に遺失物届をした方がいいだろうということになり、近くの交番まで行き、遺失物届書を書いたのである。幸いに財布だけは、飲み屋の支払いに必要だと思ったので、スーツのポケットに入れていた。一緒に居酒屋に行った人も駅まで送ろうとついてきてくれた。「あと大丈夫ですか？」と心配してくれたのだが、後味悪く駅前で別れた。

ホテルに帰り、冷静に考えてみると、最初に開けたコインロッカーにバッグを入れず、隣のコインロッカーに入れたのだが、ロックする時、最初開けたコインロッカーの方に入れたと勘違いし、そちらのキーをかけてしまった、と気付いた。要は、バッグを入れたロッカーの鍵はかけずに、紙屑の入ったロッカーの方にコインを入れ鍵をかけてしまったのである。

なんと、とぼけたことをしたのかと後悔したが、後の祭りである。おそらく後で、そのロッカーを開けた人はびっくりしたことだろう。ロッカーに荷物を預けておいて、鍵をかけないで行く人がいるなんて……。誰も見ていないから、このままいただいて帰るか、ということだったに違いない。

日本人は落とし物や忘れ物を正直に届ける人が多いと日ごろから思っているし、自分もそうしてきた。だが、すべての人が善人ではない。遺失物や落とし物を失敬する者もいるのだということを日常心に留めて、忘れ物のないように気を付けていかなければならない。

翌日、交番に電話を入れ事の次第を話し、紛失届を破棄してもらった。今度からバッグにＧＰＳを付けておこう。

17

羅城門

京都営業所を開設したのは一九九七年であった。住宅街の中の静かな町の中、五人ほどの従業員で京都エリアを担当することになった。

二、三年経ったころ気付いたのは小さな道を挟んで向かいの家はあまり人の出入りはない。周りの人の話によると、どうもヤ組の事務所らしいと聞いた。そのままいても別に問題があったわけでもなかったが、いつの間にかうちの事務所前がごみの収集場になっていて、あまり店として雰囲気がよくないということで、移転することになった。

移転先は九条通りに面したところで、有名な東寺から八〇〇メートルほどのところである。観光地でもあり歩道も広い。うちが借りる前は時計宝飾店だったらしく、店も明るい雰囲気であった。

京都の町の家は間口が狭く奥行きが長いという、古くからの町屋が多い地域にあり、借りた店も間口が狭く三間程度で、奥行きが深く裏の通りまで続いていて、いわゆる「うなぎの寝床」と呼ばれるつくりである。道路側は日が入って明るいが、中から裏に抜けるまでは電気がなければ暗く、途中は窓もない。表から五間ほどを事務所として改装し、奥は車が二台入る駐車場にして残りを倉庫として使うようにした。中ほどには庭があったのか空が見える。

何度か京都営業所を訪問し近隣を散策していると、うちの事務所から三〇メートルほど歩道を歩くと小さな公園があり、「羅城門跡」という石碑が立っていた。石碑の横に立ってい る立札を見ると、源氏物語ゆかりの地として、「朱雀大路の南端に設けられた、都の表玄関にあたる大門で、この門を境に京の内外を分けた。弘仁七年（八一六）に大風により倒壊し、その後に再建されたが、天元三年（九八〇）の暴風雨で再び倒壊された後は再建されることがなかった」とある。

『今昔物語集』によれば倒壊する前もすでに荒廃しており、死体が捨てられていたとある。

後世の芥川龍之介の『羅生門』の題材になり、小説の書き出しでは、その荒廃ぶりと、そこに捨てられている死体にカラスが群がり、死骸の中に老婆が死体の髪の毛を一本一本抜き始めた、というところから始まっている。恐怖を誘うおどろおどろしい書き出しに、身を縮めさせるように感じるところから物語は始まる。私も芥川龍之介全集で読んだことがある。あまり長い小説ではないので全集を引っ張り出してもう一度読んでみた。小説の始めの方に「この二三年、京都には、地震とか辻風とか火事とか饑饉とか云う災がつづいて起った」とあり、疫病も蔓延していた。荒廃した都には仏像や仏具を打ち砕いて路端に積み重ねて、薪の料に売っていた。倒壊した羅城門の再建どころではなかったのである。

現代も同じように疫病がはやり、地震や津波などの災難は続いていることを思うと、平安の時代と変わらぬことが起こっていることに、自然が起こす災難の恐ろしさを感じざるを得ない。時代背景を考えると当時の復興の難しさが思いやられる。

事務所を貸してくれた大家さんに聞いていてみると、「このあたりは昔の羅城門の敷地内にあり、この辺を掘るとたくさんの遺跡が出てくるんですよ」と言っていた。

「建物を建て替えようと基礎工事にかかると遺跡が出てくる。そうすると工事がストップして遺跡の発掘が終わるまで建て替え工事ができなくなるのです」

「なるほど、だからこの辺りは昔のままの街並みなのですね」

それはそれで昔の街並みも観光地としては残しておきたいのだろう、と思った。

その後また数年して、この羅城門跡近くに借りた営業所も狭くなったので、近くの広い事務所を借りて移転をした。

最近、京都営業所を訪問した。その時、京都駅前には、「羅城門」の大きな模型が展示されていた。「よみがえる羅城門」の基本構想が書かれてあった。

平安京と名付けられ、１２００年余り前にこの国の都となった京都。その正門として建設された「羅城門」は、人々を戦火や疫病から防ぎ、平安を守る門であり、その思いは二度の倒壊ののちも、人々の心に受け継がれてきた。

と記されている。

嬉しいことである。元わが社の事務所があった地に羅城門が再建されるとは、ご縁を感じるニュースである。千年の時を超えて新しい文化遺産として創造されることは地域の方々にとっても、観光日本にとっても素晴らしいことである。

沖縄の首里城の再建と共に、古都に新しい世界からの訪れを歓迎する歴史的建造物としてそびえ立つことを期待している。

京都駅前に展示されていた羅城門の模型

18 モノづくりには夢がある

はじまりは

私は二十三歳のころから父の後を継いで鉄工所を経営していた。

父は日本が敗戦した翌年の昭和二十一年、戦地から帰って来て間もなく、福岡県と大分県の県境山国川の河口で、小さな鉄工所を始めた。

当時、両河岸には夕刻になるとたくさんの漁船が漁に出かける光景があった。父はこの漁村の漁業組合から請われてこの街にやって来たのである。当時の漁船のエンジンは故障が多く、修理する工場が必要だということで父に声がかかり、この漁村で鉄工所を始めたのである。工場には、旋盤、ボール盤、溶接装置などがあり、漁船のエンジンの修理を二、三人の従業員と行っていた。

私は小学校四年生くらいのころ、父の職場によく遊びに行っていた。絵が好きだった私は、工場にある旋盤などの機械をスケッチしていた。そのころから機械の構造に関心を持ち始めていたのである。

工場の片隅には、休憩用の四畳半ほどの畳の間があり、そこに機械に関する本が数冊あった。ページをめくると、ガソリンエンジンや、ディーゼル・エンジンの構造が書いてあり、私は4サイクルエンジンの構造を真剣に見つめていた。どうしてエンジンは回転するのか、吸入、圧縮、爆発、排気の回転機構を本から学び、「なるほど、エンジンはこうして回転するのか」と小さな頭が熱くなるほど納得して見入っていたことを思い出す。


父の後を継いだ私は、二十五歳ごろから漁師相手だけでは食っていけないと、会社関係の下請けを始めた。多くの方々の紹介や助けを借りながら、工場も移転し、徐々に取引先も増えてきた。親会社からの依頼も、設計から製作、現場据え付けなどを含めて仕事が拡大していく中で、依頼先の省人化装置、いわゆる人力作業から機械作業に変えていくメカトロニクスの総合的な受注も入ってくるようになってきた。

五十歳の時に機械設計用CADを導入し、コンピュータで設計を始めた。年齢的には決して早くない歳ではあるが、まだCADは普及し始めたばかりのころであるから、近隣では早く導入した方だと思う。それまではドラフターで図面を書いていた。その前はというと、学校で習った製図器具、T定規、三角定規、コンパスなどを使って設計図面を書いていた。

ＣＡＤメーカーも初歩的な使い方の説明で、あとは使いながら学習してくださいという感じであった。取説を頼りに独学でＣＡＤを使い始め、徐々に複雑な構造も設計できるようになり、受注先も紹介から次の紹介へと増えていった。

電話機製造工程の省力化、複写機メーカーの生産ライン、陶器メーカーの生産ライン、モーター工場の組み立てラインなど、自社設計、製作、現場施工まで一貫して行うようになった。うまくいったこと、失敗したことなど数知れないが、それが次への仕事に活きてくるのである。

実業高校機械科で基本的な設計製図は学んだが、機械工学を学んでいない私は、実践の中で機械を操作し、機械の動きや各部の機構を学んでいった。

父と共に油まみれになりエンジンの修理や機械の操作を学んだことが、後に活かされてきた。

装置などの受注を受けた時、現在の作業工程をよく観察した上で、それを機械化するにはどうしたらよいか構想を練る。フリーハンドで絵を描いてみる、そこにどんな機構を入れるか、どんな動きをさせるか、基本構想を練り、現場担当者と打ち合わせを重ね、数々のアイデアを加え、全体の流れを俯瞰しながら、製品が出来上がるまで柔軟な思考で構想を練っていく。それから実際の設計に入り、材料やパーツの選定をしながら、図面化していく。

その過程の中で今までの失敗や経験が生きてくる。

モノづくりには夢がある。自分が考えたものが実現する。こんなものができないか、どうしたらできるか、考えると次からへアイデアが浮かんでくる。思考に行き詰ったら少し間をおき、さらに参考資料などを目にする。すると、ふとしたところからヒントが生まれて、ハッとすることがある。そのことに関することが、何もつながりのないところから、パッとヒントになるものが見つかるのである。何かヒントがないかと真剣に考えていると向こうから解決の糸口が現れる。脳にピカッとランプがともる。こういうことを「セレンディピティ」というのかもしれない。こんなことを何度も経験してきた。

『ボーイング747を創った男たち』を読んだことがある。今その本を書棚の中にないか探しているが見つからないので記憶で書くと、ジャンボ747はレストランのナプキンに描いたエンジニアの「後退翼」の絵から始まった、とあった。私もアメリカに行く時に乗ったジャンボ機は、夢のようなアイデアと技術者たちの執念で開発されたのである。

私のやってきたことは小さいことではあるが、方程式は同じだと思う。これはいいかもしれない、この方法でやってみようと、フリーハンドでそこらの紙に絵を描いてみる。他で使われている例はないか、ネットで検索してみるのも良い。またそれに関する資料や参考書を探す。あるいは図書を購入するなり、図書館に行くなり、八方資料を探す。深く掘っていくとヒントが必ず見つかる。そこに先人の知恵が見えてくる。

西洋から学んできた日本の機械工学の先駆者たちは、明治の時代から大正、昭和、現代まで、機械技術をつないできた方々が多くいるのである。そうでなければ、大和やゼロ戦、その後に続く車や新幹線、ロボットなど、技術立国と言われた日本の産業も生まれなかったであろう。

コンピュータやＡＩ化が進んでいるが、基本は機械技術をベースにしたモノづくりだと思っている。

私もその先駆者たちの機構学の書を学び、その著書の中から、先人の知恵やアイデアを参考にして、多くのモノづくりの知恵を借りてきた。

現在はその仕事も弟が引き継ぎ、弟もまた子供たちへと、その仕事をつないでいる。

私は、その後、別会社を設立し、その会社も徐々に成長してきて、今年（二〇二四年）創立四十周年を迎え記念式典を行う予定である。十年ほど前、息子が会社を継ぎ、私は会長として名前はあるが、実質的な経営には一切息子に干渉しないことにしている。たまに営業所を訪問し、社員を激励にまわる程度である。

現在の私は、実益にはならない趣味の世界に没頭し、高校時代からやってきたアマチュア無線、模型作り、絵画、読書、旅行、エッセイ書きなどなど、マルチな趣味に明け暮れている。そしてモノづくりの魂は私の中で消えることはない。

時計を作る

おおきな　のっぽの　古時計
おじいさんの　時計
百年いつも動いていた
ご自慢の時計さ
おじいさんの生まれた朝に
買ってきた時計さ
今はもう動かない　その時計

平井堅のうたっている「大きな古時計」のように百年いつも動いていた、おじいさんの時計を夢見ながら時計を創ってみたいと思い立った。

京都駅二階のレストランの入り口に大きな時計のオブジェがある。出張した折に時々、このレストランで食事をしたことがある。このオブジェを見て、いつか大きな時計を作りたいと思っていた。

当初は小型モーターを使って歯車やベルト、リンク機構など、からくりのように、メカニカルな動きだけをする動力伝導の面白さをオブジェとして表現したいと考えていたが、それだけでは物足りないと思い、せっかく作るのなら、時計のオブジェを作り、時間も実用に堪える正確さを備えたものにしたいと考えた。

私は時計には全くの素人であり、作ったことも、もちろんなく、構造についてもよく分からない。しかし、今までの機械設計の経験から「こうすればこうなるはずだ」という構想はあったので、まずフリーハンドで描いてみて、それを計算通り図面（ＣＡＤ）化し製作、組立を行っていくのである。

図面の中で完結するように計算と確認を何度も行い、試作もせずに、いきなり本番のものづくりなので、リスクはあるかもしれないが、チャレンジ精神の方が勝っているので、完成した構図を頭に描きつつ、二〇二一年一月から構想、図面化、部品製作、発注、組み立ての工程に入った。

この時期、コロナの緊急事態宣言が政府より発令され、感染防止のために外出自粛などの規制が行われた。学校は休校、人の集まる施設の使用制限などにより、日常の生活用品を買いに行く以外、外出することが極端に少なくなり、世界的にも大きな混乱が続いた時期でもあった。

時計づくりに関しては、幸いにも会社の中でできる作業であり、パソコンに向かってＣＡＤで設計し、工作をすることに関しては集中することができて、外出自粛期間を有効に使うことができたので、逆に都合がよかったのかもしれない。

時計には機械式時計、水晶式時計、電波時計などがある。

これらは主に腕時計や壁掛け時計に使われている。私が作りたいと思っているのは、病院や公共の施設などのロビーに置かれているホール時計をさらに大きくした「スケルトン形コンソール時計」である。

構想はほぼ頭の中にあるので、まず、原動力となるモーターの選定から始める。ブラシレスモーター（１２０Ｗギヤーヘッド付き）、トルクには余裕を持った選定をする。構想の中にある部品を選定するために、カタログを収集する。鉄工所時代のカタログも保存されているが、メーカーのカタログは年々新製品が出て更新されていくので、最新のカタログを取り寄せて、その中より部品を選定していくのである。

時計には、時間、分、秒と、三つの針があるが、それぞれ回転数が違う（当然のことであるが）。時間針は二十四時間に二回転、分針は一時間に一回転、秒針は一分間に一回転する。これは誰でも分かるが、これを一つのモーターでそれぞれの回転数に変換するためには、歯車などで減速していかなくてはならない。そこで時間、分、秒の減速比の計算をして、大小の歯車のかみ合わせを決めていく。伝導の方法として歯車以外に、ゼネバ（間欠）機構、タイミングベルトによる回転の伝達など、減速比を計算しながら、部品の配置を決めていく。

時計は、中の構造が見えるように、スケルトンにするために、見栄えも必要である。歯車も樹脂歯車を多用し色合いを出す。支持ベースとなるプレートも透明アクリル板やMCナイロン樹脂などを使った。長期の使用に耐えるように、軸や金属部品はできるだけステンレス材を使用した。

加工部品は、自分で加工できるものは弟の工場で自ら旋盤やフライス盤などを使い、加工する。何十年ものブランクもあったが、すぐ勘が戻った。昔とった杵柄である。自分で加工できない特殊歯車、木製のキャビネットやアクリルなどは、専門業者に発注した。現在は「メカニカル標準部品」などはカタログから選択、発注できるために、早く精度のいいものが入手できるようになっているので便利である。

部品がそろえばいよいよ組み立てであるが、幸いにも組み立てる場所は、コロナで使用しなくなった研修室を工作室に改装して使うことになった。部屋の広さは三六平方メートル、割合広めで、小型工作機械も据え付け、最小限の加工はできるようにしている。一メートル×二メートルの作業台の上で、自分で設計した部品を一点一点確認しながら、徐々に組み上げていく過程は楽しいものである。近くのホームセンターにはボルト・ナットや、加工用工具など購入にどれほど通ったかしれない。

モノづくりは作業台の上で少しずつ形になっていく過程が楽しいのである。寝ていても構想を考え、夜中に起きて事務所に行きCADに向かって図面を描くこともあり、作業場に行って加工することもある。設計通りに部品が収まっていくのは気持ちがいい。時には設計変更があり、部品配置も変わることがある。そこがまた面白いのである。

おじいさんが作った時計が百年休まずに動いてほしいとの願いを孫に託す思いで、ねじ締めや組み立てを手伝ってもらった。

ほぼ組み上がり、四月五日電気回路を接続し、仮運転を始めた。

意外と正確に動いているようだ。モータードライバーを一八〇〇回転に設定し、二、三日動かしてみる。秒針、分針は、ほぼ正確に動いているが、一日にプラスマイナス二秒ほど時間がずれる。この原因は電源電圧の微妙な変化が影響しているのかもしれない。また、針の中心部のボスが、軸受部に接触して摩擦抵抗があるかもしれないと考え、軸受部を少し削り調整する。モーターメーカーにも技術担当の方に来社を願い、モーター負荷を測定してもらった。モーターの容量から見て十分に余裕があり、負荷トルクもほぼゼロに近い、とのことであった。

五月に入り組み上がった本体駆動部をキャビネットに収め、下部に電気回路とオルゴールを取り付ける。


構想と設計に一年、製作、組み立てに一年をかけ、二〇二二年六月二十日。

縦2135、横1040、幅385、文字盤外形 Φ650（ミリ）。

「スケルトン形コンソール時計」として完成した。

ドキドキしながら、電源スイッチを入れると、モーター、歯車が動き出し、時計に命が吹き込まれたように、振り子もゆっくりと、リズムを刻んでいる。思ったより時間は正確に動いているようだ。

一人静かに喜びをかみしめていたのであるが、気持ちは、鉄腕アトムを完成させた天馬博士のような心境だった、と言えば大げさかもしれないが、ある意味、時計ロボットかもしれないし、タイムマシンかもしれないのである。この時の私の胸の高鳴りは、受精卵の中で小さな命の心臓の鼓動が刻み始めた時のようだった。その瞬間、私の心臓も不整脈のように高鳴った。

二十四時間でプラスマイナス一秒の誤差の範囲におさまった。通常、機械式時計は日差プラスマイナス二十秒ほどの誤差は許容範囲と言われているそうであるが、私の作った時計は日差プラスマイナス一秒という自分で言うのもなんだが、驚異的な精度だと思う。

機械式時計の歴史は、イタリアで誕生してから七百年以上の歴史があるそうだ。世界各国に時計メーカーがあり、ブランド物も多い。それに比べるのもおこがましいが、時計の素人が初めて作った機械式時計が、ブランド物をしのぐ正確さで動いているのである。作った本人が一番驚いているのだ。自分で自分をほめてやりたい気分である。

この時計は注文で作ったものではなく、販売目的ではない。弊社のロビーにオブジェとして展示している。私のモノづくり、設計製作の集大成として作ったものである（但し注文があれば承るかもしれない）。

読売新聞地方版に「熟練の腕前　大時計製作」との記事が写真と共に、二〇二二年十一月二十六日に掲載された。

この新聞を見た多くの方々から現物を見てみたいという電話があり、遠くから見える方もいた。

世界に１台だけの時計

中には名古屋のＣＢＣラジオ放送局から連絡があり、朝の番組「情報サプリメント〜日本全国おはようさん」という番組で、アナウンサーからの問いかけで電話によるインタビューを受けることになり、質問を受けた。

①福岡県の今のお天気は？

晴れています、いいお天気です。

②高さ二メートル、幅一メートルはどんな時計ですか？

動力はモーターを使用し、歯車やタイミングベルトなどを組み合わせ、歯車やベルトの動きが分かるような構造で透明アクリル板などを使い、動きが見えるように設計しました。

③どのくらいの時間がかかりましたか？

構想から設計に一年、加工組立に一年かかりました。

④それを自分一人で作ったのですか？

歯車や外装のキャビネットなどは専門業者に発注し、既存のパーツは標準部品などを利用し、自分で加工できるものは昔とった杵柄で、旋盤や工作機械を使いながら加工しました。

⑤作ろうと思っても簡単には作れないと思うのですが？

以前鉄工所を経営していてモノづくりを長い間やってきましたので、その経験を活かして作ってみました。

⑥そもそもどうしてそんな大きな時計を作ろうと？

出張先の京都のホテルのレストランで大きな歯車の動きが見えるオブジェを見た時にいつか自分も大きな時計を作りたいと思っていて、今回の挑戦となりました。

⑦できた時はどんな感想でしたか？

初めてスイッチを入れ動き始めた時には感無量でしたね、時間も思ったより正確で、二十四時間で一秒の誤差という精度だったので、自分でも驚いています。

⑧仲宗根さんはものづくりがやっぱり好きですか？

高校時代に真空管ラジオを作ってアルバイトで近所の人に売っていました。十五年ほど前より本格的に帆船模型などを作り始めました。

⑨他にも趣味が多いそうですね？

六十五歳からピアノを習ったり、アマチュア無線は高校生の時に始め、世界のアマチュア無線家と交信しています。

⑩その元気の源は？

いくつになっても好奇心旺盛に何事にもチャレンジしていく気持ちじゃないでしょうか。

した。

ありがとうございました。今日のおはようさんはナカソネ住設会長の「仲宗根稔さん」でした。

⑪次に作りたいものは？
　からくり時計に挑戦してみたいですね。


このように名古屋ＣＢＣ放送のインタビューが終わりました。遠くの放送局からのインタビューありがとうございました。

　これがテレビ放映されたら、もっと多くの方に現物の映像を見ていただけたかもしれないがそれはなかった。

　その後、この時計を特許庁に特許の申請をしたところ、二〇二三年三月二十三日、特許庁長官より待望の「特許証」が交付された。

「スケルトン形コンソール時計」は、一時間ごとにオルゴールが鳴り響き、ロビーで、ご来社のみなさまをお迎えしている。

　平井堅がカバーでうたっている「大きな古時計」のように、おじいさんの作った世界に一つだけのこの時計が、百年後の「大きな古時計」になるまで動いていることを夢見ながら、毎日眺めている。

19 アマチュア無線

高校生になってからラジオクラブに入った。

当時ラジオのキットが発売されていたので、クラブで一人一セットずつ買ってそれぞれが一台のラジオを組み立てるのである。一セットが三千円くらいだったと思う。もの作りが好きな私は夢中になって組み立てていた。

定時制高校なのでみんな昼間働き、十七時ごろ登校して校内の給食を食べ、十八時から四時限（四十五分×四）の授業が終わり、それからがクラブ活動になる。クラブの先輩の中にはラジオ屋さんに勤める人もいて、部品のはんだ付けから、パーツのこと配線図の見方まで、よく指導もしていただいた楽しいクラブ活動であった。

当時5球スーパーラジオが普及し始めていたころで、それまでのラジオは終戦のころの玉音放送を聴いていた当時のよくテレビドラマなどに出てくる並三ラジオか、並四ラジオが主流だったと思う。父のお世話になっている漁業組合の組合長に並四ラジオを作って差し上げたことがあり、大変に喜ばれた。また、アルバイトとして5球スーパーラジオや6球スーパーラジオを組み立て、市販のラジオより安く売っていたので、近所の人に喜んでいただいた。

まだテレビが一般の家庭に普及する数年前のことである。夜中にラジオを聴いていると、ローカル放送の1600キロHzあたりから少し周波数をずらすと、普通の放送ではない話し声が聞こえる。どうもアマチュア無線の電波障害のようである。コールサインや局の住所を伝え合っていた。

そこで学校に行く途中の道のりなので同級生とそのお宅を訪ねた。「こんばんは、お宅はアマチュア無線をしていますか?」と学生服を着た二人が玄関に入ると、中年のおじさんが「どうぞ上がりなさい」と、やさしく部屋に通してくださった。無線室に案内されて驚いた。見たこともない無線機や電子機器、測定器などがびっしりと並んでいた。

その方は、アマチュア無線のこの地方では草創期のハム(アマチュア無線家)である。郵政局(現NTT)にお勤めの方で、ご自宅でアマチュア無線を楽しまれていて、ご自宅の縁側を無線室として使っておられる、優しいおじさんであった。ハムの世界ではOMさんと呼び、その世界の先輩として名前に付けるリスペクトの意味で使っている。コールサインはJA6○○という方であった。

二人は興味津々でアマチュア無線の交信の仕方や、免許を取得する方法など、未知の世界のお話を聞いて、いつか自分たちもと気持ちは高ぶった。「近いうちに中津クラブのミーティングがあるので、いらっしゃい」と言ってくださり、二人でまたお邪魔した。すでにアマチュア無線を開局しているOMさんも四、五人集まっている。そして、これから免許を取りたい数人が加わり、先輩の交信の体験や、無線機の技術的な話などを聴きながら、楽しい時間を過ごした。

戦後十年過ぎるころになると、米軍の使用した軍用無線機が手に入るようになり、私の友達はどこから仕入れたのか、米軍のハンディー無線機を持ってきた。終戦後米軍から放出されたジャンク品だろうと思われる、50メガHz帯のFM方式の通信機である。日本の放送局は一般にまだAM放送しかなかった時代にFM。このジャンク無線機を改造してアマチュア無線に使おうと彼は張り切っていたが、その後どうなったのかは知らない。

その当時出版されていたアマチュア無線の交信体験記の本の中に、忘れられない記事があった。その本が今はないので記憶にある範囲で書いておきたい。

南米ブラジルだったと思うが、CQJA、CQJAと盛んに日本のアマチュア局を呼んでいる局があった。日本のある局が応答すると、ブラジルの局が、「母が肺結核で苦しんでいる。日本で開発されたというストレプトマイシンという結核に効く薬があると聞いた。その薬を是非送ってほしい」とのこと。その声を受信した日本のハムは協力し合って薬を手配し、ブラジルのその局宛てに送った。その後どれくらいの日時が経っていたかは分からないが、ブラジルの局から日本の局に応答があった。薬を送っていただいたお礼と感謝の気持ちを伝え、お母さんはその後亡くなったとのこと、病気がかなり進行していて間に合わなかったということであった。亡くなったことは残念なことではあるが、ブラジルの局のお母さんを助けたいという思いと、それに応えようとした日本のハムたちは、共通の趣味であるアマチュア無線を通じて心からの国際交流ができたのであった。

この本にはハムたちの心温まる逸話がたくさん掲載されていた。

私がその本を購入したのは高校三年生の時のことである。しかしその本を机の中に忘れて帰った。翌日登校すると、その本がなくなっている。私は定時制高校に通っていたが、全日制の生徒と同じ教室を使っていたので、昼間は全日の生徒が同じ机を使っていたはずである。私は手紙を書き、「私の大事な本です。読んだら必ず返してください」と書いて机に入れた。しかしその本は返ってこなかった、何の返事もなく。六十数年前の話である。

今でもその本がないか、日本の古書の中にないだろうかと探しているが、タイトルを覚えていないので雲をつかむようである。どなたかこれではないかと思う方がいたら教えていただきたいと思っている。

一九五九年にアマチュア局の免許を取得した私は、ＪＡ６ＡＺＷのコールサインで時々ではあるが、世界の友と交信を楽しんでいる。

一時、キングオブホビーと言われたアマチュア無線も高齢化が進み若い人がなかなか入ってこないのでじり貧の感じがあるが、でも世界ではやはり人気のある趣味として多くのハムたちが楽しんでいる。

南極越冬隊からもアマチュア無線の電波を出して世界と交信しているようだ。私は今のところまだつながっていない。いつかチャンスを狙ってみたい。

20 『ご冗談でしょう、ファインマンさん』を読んで

この本は、一九六五年ノーベル物理学賞を朝永振一郎と共に受賞したアメリカの理論物理学者が、ユーモアたっぷりに語る奇想天外な物語である。

ファインマンさんも少年時代はラジオ少年だったようだ。初めて鉱石ラジオを買ってイヤホンで聴きながらよく寝たそうだ。ガラクタ市で買ったポンコツラジオを買って修理したり、近所の人から修理を頼まれたり、だんだんと複雑な修理もできるようになり、いつしか天才少年と呼ばれるようになる。

前項でも私はラジオを組み立てていたことを書いたが、私も中学生のころ鉱石ラジオを作って楽しんでいた。ちぃっちゃな鉱石を収めたケースを開けると米粒大くらいの石の粒のようなものが出てきた。どうしてこの石ころで電波を検波し、イヤホンを鳴らすことができるのか不思議でならなかった。この鉱石ラジオで夜寝る時に旺文社の受験講座や「新諸国物語」のラジオ放送を聴いていた。

このころからソニーの前身である東京通信工業からトランジスタ、ゲルマニウムダイオードが町のラジオパーツ店でも販売されていた。そのゲルマニウムダイオードを一個買って鉱石ラジオに入れ替えてみると、音の大きさがかなり大きくなり、感度も向上したのである。このトランジスタラジオを姉か妹が使っていたロゼット洗顔クリームの空容器に組み込み、横からロッドアンテナを出して学校に持っていって遊んだことも思い出である。

私の少年時代を振り返ってみると、ファインマン少年に似ているところがあるなと思って、自分の少年期と重ね楽しく読んだ。しかしファインマンさんは後にマサチューセッツ工科大学およびプリンストン大学で理論物理学を修め、コーネル大学教授を経て、カリフォルニア工科大学教授。そして朝永振一郎と共にノーベル物理学賞を受賞した学者である。

ファインマン教授は、ある茶会で、ウィルド教授という天文学者が、「金星の雲はホルムアルデヒドから成っている」という説を実に面白い話として載せている。

この話にはすぐ反応した。私は若い時からアレルギー性鼻炎の症状があり、花粉症と合わせて年中くしゃみ鼻水咳眼にもかゆみがあり、医者によるといつも言われることはハウスダスト、花粉などによる症状と言われるが、ただシックハウス症候群と言われるのは、ホルムアルデヒドによる症状だと言われている。建材や家具壁紙などを貼る接着剤などのも含まれて少しずつ室内に放出されるそうだ。我が家は築三十年ほど経っていて、当時はまだホルムムアルデヒド

アルデヒドを使用することに規制がなく、建材や家具などに使われており、その影響で私のアレルギー性鼻炎は永い間私を悩ませてきた。

最近はホルムアルデヒドを使用した素材や製品は建築基準法や厚生労働省による規制がかけられているようであるが、規制がない時代に作られたものは今でも建物の中や加工品の中に存在している。シックハウス症候群にならないためにも、家を建てる時、新しい家具をいれる時などホルムアルデヒドなど有害な物質が含まれていないか、よく確認することが必要であろう。

金星がホルムアルデヒドの雲で覆われていようと、我々が行くことはないと思われるのでどうでもいいが、地球環境ではシックハウス症候群になるような物質は排除していただきたいと思う。私は今でもくしゃみと鼻水は止まらないし、いつもティッシュペーパーをお供にしている。

ファインマンさんは金庫破りもする。あるプロの金庫破りに錠破りの技術を教えてもらってから次々と開かずの金庫を開ける技術を習得していくのだ。所さんの番組で「開かずの金庫を開けろ！」というコーナーがあるが、あのプロの開錠技術もすごいが、ファインマンさんは原爆の極秘文書を収めた使用中の大きな金庫まで開けてしまうのである。

あの原子爆弾を開発したオッペンハイマーの誘いで、ファインマンは一緒にマンハッタン計画に参加し、原爆開発に携わっている。この場面では広島、長崎に原爆投下された日本人としてはショックを受けるのであるが、最初に書いたように朝永振一郎と共に量子電磁力学の繰り込み理論を完成し、ノーベル物理学賞を受賞したということにより、平和的な貢献をされているファインマンさんは偉大な科学者である。

最近は世界的に量子コンピュータの開発競争が活発になってきている。このアイデアも、ファインマンさんの一九八二年に「自然をシミュレーションしたければ、量子力学の原理でコンピュータを作らなくてはならない」と述べたことに端を発しているという。

いくつになっても、ノーベル賞を受賞しても、子供のような好奇心とおどけたユーモアにあふれている。私の能力ではついていけないかもしれないが、共通する趣味もあるので、もし私がファインマンさんの弟子になれたなら話題には事欠かないと思ってしまった。

21 バイオリニストと企業メセナ

十年ほど前「森のレストランで素敵な音楽を聴いてみませんか」とレストラン・オーナーからチラシをいただき、お誘いがあった。地元出身でバイオリニスト山中恵理子さんのコンサートということで、行くことにした。自宅から三十分ほどのところに会場のレストランはある。私は日ごろＣＤでクラシック音楽を聴いている程度のクラシックファンである。

コーヒーとケーキをいただきながら、バイオリンとピアノの合奏に、ほぼ満員のお客は、日常身近にバイオリン演奏を聴く機会はあまりないだろうと思われる地元の人たちである。私もその一人で、バイオリンとピアノの奏でるハーモニーとリズムに心を共振させながら感動の演奏会であった。

彼女のコンサートは、曲の合間に飾らないトークも入っていて雰囲気を和らげている。アンケートにも、「素晴らしい演奏でした。これから山中さんの演奏活動が、より多くの地域の方々に、クラシックファンが広がっていくことを期待します」と書いた。それから彼女からコンサートの案内が届くようになり、四、五度、妻と一緒に参加した。

私がクラシック音楽を聴くようになったのはいつごろからだろうか。中学生のころは、まだテレビが普及する前だったので、よくラジオから流れる音楽を聴いていた。歌謡曲や演歌系よりも、クラシック音楽や洋画の映画音楽が好きで、そんなラジオ番組を楽しんでいたようだ。

その当時のある番組で、テーマ曲として流れていたモーツァルトの「ピアノ・ソナタ第15番ハ長調　K.545第一楽章」が好きで、毎朝その番組を聴いていたのを思い出す。この曲名など後の後になってCDで知ったことであるが、軽快なリズムと明るいテンポが好きでよく聴いていたのである。

私はアマゾンで本をよく注文しているが、ある時モーツァルトの本を注文したところ、二冊送られてきた。私が間違って二回クリックをしていたので、二冊の注文になっていたのである。仕方なく返品しなかったが、FBで彼女にその一冊を渡すことを伝えていた。

コンサートが終わると、彼女の周りにはファンが取り囲んでいたので、割り込みを躊躇していたが、何とか隙を見つけて手を伸ばし、彼女に本の包みを「はい」と渡してそのまま帰った。

二〇二〇年の夏ごろ、彼女が弊社を訪ねてきた。コンサートと本のお礼もしたいとのことであった。彼女の話の中に、今後の音楽活動について弦楽合奏団を結成したいというお話があり、趣意書のようなものを私に見せながら説明があった。

「掲げる理念・理想」

現在のクラシック音楽の舞台は東京や関西などの大都市に集中しています。日本オーケストラ連盟加入のプロオーケストラは36団体、準加盟オーケストラは11団体、室内プロオーケストラは3団体ありますが、九州地方には九州交響楽団のみです。

そのような背景のもと、九州地方では本州大都市に比べ、圧倒的にクラシック音楽の演奏会が少なく、また九州地方を拠点にする演奏団体や演奏家も多いとは言えません。また、クラシック音楽の根付いたヨーロッパと比べ、日本の演奏家と観客との精神的な距離が遠いという声も少なくありません。（中略）

私たちは、演奏を通してご縁の出来た方々が大切にしている土地の文化や美意識を、是非直接学ばせて頂き、そこで暮らす方々とその土地を心身共に更に豊かにし、その土地に住む子供たちが大人になっても『故郷』と誇れる文化の土壌を耕すお手伝いをさせて頂きたいと考えております。この想いのもと、私たちに何ができるか、主催とお客様と楽団とが三者同じ目線で考えながら、共に歩んで行ければと望んでいます。

（弦楽合奏団結成とのメセナシップへのご協力のお願いから引用）

彼女は作ってきた資料を説明しながら、熱い思いを語ってくれた。私は「どうして私のところに来たのですか」と尋ねた。

「アンケートやSNSを通して、音楽や芸術が生活の中にある方で、この地方で珍しい方だと思いました。私たちがこれから進めようとする活動を理解してくださり、支援者としての立場でお話を聞いてくれる方ではないかな、と思いまいりました」

私は、そんなに芸術や文化に造詣が深いとは思ってもいなかったが、でも素人ながら、関心は持っていたのは事実である。

「根拠のない自信」とよく言われるが、これからやろうという弦楽合奏団に対して、私がメセナとして支援するということを、何の疑いもなく何の遠慮もなくあるべき姿を、彼女自身の中で「根拠のある自信」として、とうとうと述べている姿に、私はいつの間にか横で鳴らしている音叉が隣の音叉に共鳴しているように同調してしまっていたのである。

CSR（企業の社会的責任）については過去にも論じられ、実行している企業も多いと思うが、CSRは「環境・人権・女性の地位向上」など、企業が取り組む課題としてとらえられていて、往々にして自社内向けの取り組みがほとんどである。その延長線上に企業メセナという企業の文化芸術活動があると思う。

メセナ活動は、大企業で行っているところもあると聞くが、一般的にはあまり知られていないのではないかと思われる。
「日本の芸術文化を発展させる上での企業の役割」と題して、新日本製鉄(株)常任監査役関哲夫氏のプレゼンを引用する。

企業にとってメセナとは
「企業メセナ」とは企業の文化芸術活動をいいます。(中略)
自由企業体制のもとでは「企業」は営利を主たる目的として活動する経済主体に違いはないのですが、その企業は社会を構成する一員として社会と共生し、社会から信頼される存在でなければなりません。
したがって企業活動の大前提として法令遵守や人々の生命・安全の確保は絶対に欠かせませんが、こうした責任を果たせばそれで十分だというわけではありません。本業において革新的製品・サービスを開発することで顧客に価値を提供し続けることはもちろんですが、「文化的価値」を提供する取り組みを通じて社会に貢献することもまた、企業の活動として意義づけられるのです。
(中略)

「新日鉄コンサート」を始めて、50年間続きました。優れたクラシック音楽を身近に親しんでいただくことを、ずっと企画推進してきた下地があり、音楽活動の支援を続けています。

文化庁の文化審議会において、関哲夫氏はこのように述べている。

これからは地方においても音楽芸術活動が普及していくように大企業だけではなく官も民も中小企業も一体になって取り組んでいかなければならないと思う。

ここで彼女、山中恵理子さんのことを触れておこう。話を聞いていく中で、彼女が語ったことである。

彼女は三歳からバイオリンを始め、週一回、お母さんに連れられて門司のバイオリン教室に通い始めた。大学受験を控え、チャイコフスキー記念ロシア国立モスクワ音楽院の教授と出会った。教授は彼女のバイオリンを三十秒聴いて、「あなたは才能があるから私のところに来なさい」と言われ、自然な気持ちで師事することになり、その教授の推薦で大学卒業後、ロシアに行くことになった。モスクワ音楽院の大学院を修了し、約十年ロシアメソッドでバイオリンを学ぶ。二〇一二年帰国し、東京など都市部ではなく、地方に活動の場を求めた。

このころ実家に近い地方地域の人々はクラシックなど聴く機会があまりなく、未開の地の開拓が楽しみであった。

彼女は、「ムジカ・ダルキ」という弦楽合奏団を立ち上げるために、ベテラン奏者、若手音楽家など十二名のグループをつくる計画であるという。

そのメンバーの中にオーストリアで活躍しているウィーン放送交響楽団副首席コントラバス奏者の森武大和君がいる。あるバイオリニストから紹介され、帰国のために北九州空港で彼を迎えた彼女は、その時が彼との初対面であったという。現在は国際間でもズームなどで、リアルに対話できる環境にある。それまで二人は幾度もズームを使い、合奏団の行く末について話してきたそうだ。

彼女は空港で「初めまして」と挨拶をして、二人で車に乗り、そのまま私のところに来て、「これから二人が奏者メンバーとして、事務局の仕事もしますのでよろしくお願いします」と挨拶に来たのである。「森武です、お世話になります」と挨拶した彼は、音楽家らしい好青年である。私も音楽の都から来た彼に、ウィーンでの活躍の様子などを聞いた。

その後、幾度か進捗について二人で報告に来ていた。彼はウィーンに演奏会の予定がある中、往復しながら打ち合わせやメンバーとの交流をしている。

二〇二二年一月、演奏会メンバー十二名もそろい、都市部から離れた田舎の森の温泉地で一週間缶詰の合宿で練習した。

合宿最初の日に顔合わせをして、みんなで会食をするというので、私も招待され、森の中の温泉地に行った。男性五人女性七人のグループ十二名で、音大生やすでに第一線で活躍しているベテランもいる。遠くは北海道から参加した、コンサートマスターもいる。メンバーの一人一人を見て、彼ら彼女らが一流の音楽家になって、それぞれの場所で活躍してほしいと心から願っている。

山中恵理子さんの言葉の中に、「コンサートホールにお願いに行く際、一音出せばすべてが変わるという妙な自信があります」と彼女は言う。この自信が目指す目標に向かう行動力になり、周りを動かす力なのだろう。

コンサート当日、演奏会場はイイヅカコスモスコモン中ホールの座席はほぼ満席（感染対策で一席間を空けての開催）である。

十二人が勢ぞろいバイオリン、ヴィオラ、チェロ、コントラバス、緊張の中演奏が始まった。指揮者はいない。

「一音出せばすべてが変わる」という彼女の言葉は、アイネ・クライネ・ナハトムジークから始まった。聴衆の耳と目を一瞬にステージに集め、まさに衝撃的と言っていいほどの出だしであった。日本でも世界でも一番演奏されている作曲家と言われているモーツァルトの曲から始まった。まるで十二本のシルクを一本に撚り合わせたように音が澄み切っている。心を一つにして一週間練習してきた魂の旋律がこのステージに現れたようだ。メンデルスゾーン、チャイコフスキーと続き、感動のコンサートは終わった。この日のために編成された合奏団は他のどのオーケストラの演奏にも引けを取らない演奏会であった。

一緒に参加した友人の一人は「感動しました、素晴らしい演奏会でした。生の演奏は迫力があっていいですね」と日ごろ理論派の彼も感銘を受けたようであった。

久しぶりに妻と湯布院に温泉旅行をすることになった。数年前、会社の慰安旅行で社員と一緒に来た時は台風の余波で大雨が降り、斜めから降る雨に傘を差してもずぶ濡れになりながらの観光であった。今回はゆっくりと時間をかけ、温泉と観光を楽しもうと計画した。

山中さんもこの湯布院に家を借りてバイオリンの練習拠点にしていると聞いていたので、彼女に連絡を取ったところ、快く観光ガイドとして案内をしてくれることになった。湯布院のお店もなじみになっているのであろう、「こんにちは」と入っていくと、店主や店員からも気さくに声をかけてくれる。お土産屋、民芸店、手作り工房、ガラス細工など、地元でとれる木材から手作りで箸を作っているという箸工房もあり、そこで家族分のお箸を買った。

通りには観光馬車も田園風景の中をゆっくりと走っている。日ごろあまり運動しない私と妻の足は棒のようになってきた。

湯布院の町に夜のとばりが下りるころ「おしゃれなお店を予約しているんです」と彼女に案内されたお店は、和洋風なレストランで、ゆっくりとくつろげるお店である。ライトアップされた美しい外構の景観を眺めながら美味しい料理をいただいた。先般の演奏会の模様など語りながら、彼女との歓談の中で私は尋ねた。

「森武君とはいいカップルになると思うが、どう思う?」

「えっ、そんなこと考えたことありませんよ」と彼女は少し驚きながらも私のストレートな問いかけに戸惑ったようであったが、彼女の顔は困惑の中にも笑顔で、否定的な面持ちではない。妻も「お似合いの夫婦になると思いますよ」と声をかける。

「二人はともに音楽家としてお互いの立場を理解できるので、今後の活動についても、より深く相談しながら夫婦として支え合っていけるのじゃないかな」

と彼女に話した。私は二人に何度か会って話をするうちに一緒になるような気がしていた。

森武君はオーストリアでの演奏活動が主であるし、彼女は地域で活動しようと腹を決めている。その辺の難しさはあるかもしれないが、二人でよく話し合って決めたらいいと思い、今後の二人の活躍に期待しながら、ホテルに戻った。

半年ほど過ぎたころだっただろうか、彼女が挨拶に来た。「私たち結婚します。結婚届の証人になってください」と言うのである。

「それはおめでとう、よかったね」と私も嬉しいやら驚きやらで、

「結婚式はどうするの？」

「彼もウィーンで仕事があるので、籍だけ入れておこうと思います」

早速ウィーンの森武君とズームをつないで会話をする。彼から「この度はお世話になりました」と喜びの声が届く。リモートでのお祝いである。ウィーンの同僚楽団員からも祝福を受けたとのこと、これから夫婦そろってウィーンの楽団で活躍することもあるだろうと、二人の音楽人生が幸せであることを祈っている。


彼女もしばらくは日本での活動が続き、ウィーンとの行ったり来たりがあるそうだが、こちらでの今後の音楽活動のために、一般社団法人「Ｏｐ・１１３（オーパス・イイサ）」を発足させ、理事長には、元九州交響楽団の首席コントラバスと、音楽主幹を務めた深澤功氏が就任するとのことで、理事長と彼女が挨拶にお見えになった。理事長は現在演奏家としては第一線を引いているそうであるが、社団法人立ち上げに加わり、今後の「Ｏｐ・１１３」

の活動に尽力されるとのことである。

「Ｏｐ・１１３」設立記念パーティーが福岡のイベントカフェにて行われ、この社団法人を応援する二十名ほどの方々が参加し、バイオリンとピアノの演奏を楽しみながら、参加者全員がこの法人の成長と発展に期待をして、新たなスタートとなった。

この小さな法人の活動が地域に根差し、地域の皆さんに愛され、やがて大きく羽ばたいていくことを陰ながら応援していきたい。

22 共振の不思議

ご婦人の方々はほぼ毎日洗濯をしていることと思う。洗濯機はスイッチを入れ回転が始まると、徐々に回転数が上がってくる。その途中、洗濯機がガタガタと振動することがある。回転数が徐々に高速回転になるとシーンと静かに回っている。洗濯機が振動する時の回転数を固有振動数という。どんな物体にもそのものが持っている固有振動数というものがある。楽器もそのものが持っている振動数で音階が作られている。

私は火力発電所のボイラーやタービンなど機器の据え付けの会社に勤めていた時の体験がある。タービンや発電機の据え付けが完成し、蒸気をタービンに送る通気式に何度か立ち会った。この時は電力会社の関係者も、工事関係者も緊張する瞬間である。通気を始めてから徐々にタービン、発電機の回転数が上がってくると、ある回転数に達した時に異常に振動することがある。床がガタガタと振動するのである。物体が大きいので建物ごと振動する。さらに蒸気管のバルブを開け蒸気量を増やしていくと高速回転になりシーンと澄んだ回転になる。この現象も洗濯機と同じ現象である。早くこの回転数を突破して所定の回転数に達成すれば安定した回転が始まる。回転数のメーターが三六〇〇回転でぴたりと止まり、安定した回転に達した時は関係者全員が拍手で成功裏に式典は終わる。

ちなみに東日本では50Hz、西日本では60Hzの送電が行われているので、タービン・発電機の回転数も50Hz地域では三〇〇〇回転、60Hz地域では三六〇〇回転に設定されている。振動するということはその物体の持っている固有振動数ということになる。地震などで建物が破壊することがあるが、それも地震の揺れの周期と建物が共振することにより起こる現象である。

ワイングラスを声の力で割る様子をテレビで見たことはないだろうか。これもワイングラスの固有振動数と声の振動数が合致すると、何も力を加えなくてもワイングラスは破壊できるのである。音叉が共振するのも同じ現象である。

よくマイクを使う体育館、宴会場、会議室などで、スピーカーとマイクが近くなるとハウリングという現象が起こる。この現象はスピーカーから出た音をマイクが拾ってしまい、アンプで増幅され発振を起こしてキーンという不快な音が出る。スピーカーとマイクの距離を離すなどの対策が必要である。

最近はオーディオデジタルプロセッサーなどの発達により音響効果も進化しているようである。

人間同士でも波長の合う人、なんでも話ができて共感できる人に出会うと、まさに共振したかのようにこちらも嬉しくなる。人の心を揺さぶるような言葉を聞いた時、またはそのような本との出合いも同じだが、あの一言に感動したなど、人生の中でもそんな方に巡り合うこともある。そんな自分でありたい。

23 同姓同名

オーダーワイシャツ

東京出張の折、某デパートでオーダーのワイシャツを注文しようと思い、紳士服の売り場に寄った。広い店内にはたくさんの紳士服生地が縦横に陳列されている。私の体形で既成のシャツではウエストサイズや首回りに合わせれば袖丈が長すぎるし、ちょうどぴったりのサイズがなかなかないのである。しかし、ここのお店では、ワイシャツのオーダーは初めてである。

名前を告げると、顧客名簿から「以前にご注文いただいていますね。ありがとうございます」と言うので、「初めてだと思いますが」と言うと、顧客の注文控えを見せてくれた。名前は確かに私の名前であるが、まず住所が違うので、「これは私と同姓同名の方ですね」と言って店員の方と笑いながら驚いた。採寸をしていただくと、当然のことではあるが、サイズは全く違うので、同姓同名の方が同じお店でワイシャツを作っていたことに改めて驚いた。

さすがに東京のデパートである。生地も色も豊富である。白地とスカイブルー、ブラウンのストライプの三着を注文した。既製品ではあまりないような色を選んだ。採寸してくれた女性の店員が、「ネクタイはどうですか？」と、注文したシャツの色に似合うネクタイを数点選んで私に勧めてくれた。

同姓同名の人はどんなシャツを注文したのだろうか、一度会ってみたい。

奇遇

その方が、あるホテルにチェックインしようとしてフロントに名前を告げると、「いつもご利用いただきありがとうございます」と言われたので、「初めてですが」と。フロントは「いえ、何度かご利用いただいています」と顧客名簿で確認してくれたそうだ。住所と社名が違うので、同姓同名ということが分かったようだ。

その方から弊社に電話があり「是非お会いしたいのでお電話ください」とのこと。電話を受けた社員から、私の机の上にメモ書きがあった。早速こちらからも電話をかけた。同じ名前を呼び合うのは何と言っていいか、互いに戸惑いがある。

言われてみれば、確かに何度かそのホテルに泊まったことがある。同姓同名の方が、同じホテルに泊まるとは奇遇なことであるが、でも親近感がわいてくる。「いつか出張した折にお会いしましょう」と約束した。

その後、某市に出張の折、その方に「お会いしましょう」と事前に連絡を取り、ホテルで待っていると、美しい女性が車で迎えに来てくれた。

同名の彼の行きつけの居酒屋で、旧知の友のごとく盃を交わした。彼は現役時代の猪木選手のプロレス試合をプロデュースしたこともあるという。またプロ野球の星野監督が現役時代、沖縄キャンプを提案するなど親しくしていただき、一緒に飲みに行くこともあったそうだ。

彼の飾らぬ性格と風貌が一流の方々にも頼りにされてきたのかもしれない。

どぅしぐわぁ

戦前に両親は沖縄から内地に来ていたので、私たち兄弟・姉妹は九州生まれの九州育ちである。九州とアバウトに言ったのは、父親の仕事の関係で下関をはじめ九州各地を転々としてきたからである。下関から北九州、佐賀と現在住んでいる福岡県である。

沖縄には従弟やその家族がいるので、年に一、二回は観光やリゾートを兼ねて行き楽しんでいる。沖縄に着けばやはりＤＮＡが騒ぐのだろうか胸が躍る。

友人に紹介していただいた琉球酒場に行こうと、スマホナビで検索した。意外にホテルから近かったので、徒歩で国際通りを歩いて十分ほどで目的のお店に夕刻六時過ぎに着いた。

少し時間が早かったので、お客はまだいなかったが、「とりあえず生ビール」と言った。若い女性店員がつまみと生ビールのジョッキを持ってきた。

しばらくカウンターで一人飲んでいたのだが、紹介してもらったお店とどうも雰囲気が違うようだ。

「Ｎさんの紹介で来たのだが」と言うと、

「Ｎさん？　知りませんが……」

「ここのお店は『どぅしぐわぁ』ですよね」

「はい、そうです、○○どぅしぐわぁです」

「他にも『どぅしぐわぁ』ってお店あるんですか？」

「ひょっとしたら□□どぅしぐわぁさん、じゃありませんか？」

と奥からマスターらしき人の声。ナビで検索してくれ、「ここから十五分程度だと思います」とマスター。

ジョッキのビールを半分ほど残し、小雨も降っていたので、タクシーを呼んでもらって「□□どぅしぐわぁ店」へ向かう。ナビを見ながらタクシーの運転手はしばらく周辺を回りながら、「このビルの二階だと思います」とやっと見つけてくれた。

「どぅしぐわー」とは「同士子」。沖縄の方言で「友達」ということである。

店に入ると三線の演奏と歌が始まっていた。ママさんらしき人ともう一人の若いぽっちゃりふくよかな奏者が、カウンターの中で、古典民謡だろうか、あまり聞いたことがないが、いい沖縄サウンドだ。

カウンターに座ると、演奏が終わったママさんが「Nさんから聞いていますよ、お待ちしてたんですよ、ようこそいらっしゃいました」と泡盛の水割りでグラスを合わせる。福岡空港で買ったお菓子のお土産を渡すとお礼を言いながら、

「Nさん、しばらく来ていないんですよ」

「そうでしょうね、コロナ禍で来れなかったんでしょう。ママさんによろしくと言っていましたよ」

と伝えた。テーブルには四、五人のサラリーマンらしき先客が楽しそうに歓談しながら飲んでいる。

三線の演奏が続いているところに、一人の客が入ってきた。常連客のようだ。私の二つ三つ席を空けてカウンターに座ると、ママさんはキープのボトルを出してにこやかに話を始めながら、その方を紹介してくれた。

名刺を交換すると、その方はオリオンビール関連会社で、ビールの王冠を作っている会社の社長である。「最近のオリオンビールは美味しくなりましたね」と私が言うと、「沖縄の風土に合わせて作っているからでしょう」と私にビールを注いでくれた。私の名刺を見ながら、沖縄にはたくさんある名前なので親近感を持っていただいたようで、「今度沖縄に来られたら、うちの工場を案内しますよ」と言ってくれた。

テーブルの客からは「イヤサッサ」とオリオンビールの歌が始まると、三線も合わせて賑やかになる。「オジー自慢のオリオンビール」と、見様見真似の手振りでカチャーシーが盛り上がる。

しばらくすると、ご婦人が小学五、六年くらいの女の子と一緒に店に入ってきて、私の隣のカウンターに座った。子供は後ろのテーブル席に座り、教科書とドリルを出して勉強を始めた。母親はいい加減に酔っぱらって、手拍子でうたいながら私にも絡んでくる。子供はこの騒音の中でも完全に周りの世界を遮断して、何も聞こえていないように黙々とドリルに鉛筆を走らせている。母親のふるまいには全く干渉しないし、母親も子供には無関心なようである。

私が母親に目くばせすると、「いいんですよ、私は、ほーにんしゅぎ、ほーにんしゅぎ」と笑いながらビールを飲んでいる。すごい親と子供だ。家庭ではどんな教育環境なのだろうかと思ってしまう。興に乗ってくると、今度はカウンターの中に入って三線に合わせて太鼓の音頭をとり出した。歌と三線、そして、この放任主義の母親に調子を狂わされ、いいころかげんに酔いが回ってきた。

ママさんには「また来るね」と会計を済ませて、帰り際にその子供に「あんたはえらい、お母さんの保護者だね」と声をかけると、やっと子供らしいかわいい笑顔で「うん」と言った。

居酒屋でも○○と□□の違いはあったが、同名のお店があることは驚いたが、一夜の楽しい「どぅしぐわー」たちとお別れした。

24
知り合うことの妙

SNS

彼女と知り合ったのはＳＮＳを通じてであった。

私は新し物好きで割と早い段階でインターネットやＳＮＳなどに関心を持って使っていた。

彼女は近隣の町でカフェを営んでいるオーナーである。

私はＳＮＳで、ある居酒屋のことを書いていた。そのお店は息子さんも板前として手伝っており、弊社の社員との会食などで時々使っていた。店主と私は同年くらいの年恰好だろうか、釣りが好きな旦那で、釣りの話になると止まらない釣りキチ店主である。自分で釣った新鮮な魚をお店に出すこともあるそうだ。

そのＳＮＳを見た彼女から「ご一緒にその居酒屋でお食事しませんか」と、コメントがあった。彼女もＳＮＳによく投稿していたので、私も何度かコメントを入れたことがあった。

彼女のお店からすぐ近くにその居酒屋があるということで、店主とも仲良くしているそうだ。

会ったこともない女性からのお誘いなので、私は「貴女の仲のいい友達と一緒に来てください」とコメントを返した。

彼女はその居酒屋に予約を入れてくれた。当日、私は早く店に着いたので、店主から自慢の釣りの話を聞いていた。

外は雪の降りそうな寒い日であった。そこに初対面の二人の女性がやって来て、「こんばんはー、寒いですね」と挨拶もそこそこに、二人はコートを脱ぎながら店に入ってきた。店員に案内され、私も一緒に部屋に通された。

世間ではコロナ禍が少し落ち着いてきたとはいえ、まだ、外食ではアクリル板などで仕切って食事をしているころである。ただこのお店には仕切りはなく、広いテーブルをはさんで少し間隔を開け、対面する形で二人が私の前に座った。

釣り好きの大将のお店らしく、お刺身のオードブルが出てきた。「初めまして、よろしくお願いします」と、まずはビールで乾杯し、お造りをいただきながら、イントロダクションに、自己紹介から自然に会話は始まった。

商談ではないのだが、習性で名刺を取り出して二人に渡した。喫茶店の彼女は、「私は通称『百恵』と呼ばれていますので、『百恵』と呼んでください」と言った。そういえば彼女のSNSにも自身のことを「百恵」と書いてあったことを思い出した。

女性の年齢は分かりにくいが、お二人ともアラフォーからアラフィフの中間であろうか、落ち着いた話し方である。

もう一人の女性は鍼灸師をしているとのこと。彼女は「試しに一度鍼灸院においでください」と言った。「私も年ですから体のあちこちメンテナンスが必要なんですよ」とつい業界語が出てきた。後日、訪問する約束をした。

「百恵さん、貴女は勇気ある女性ですね」と私は言った。「どうしてですか」と彼女。

「いやぁ、見知らぬ男性を会食に誘うということは、普通の女性ではあまりないと思うんですよ」

「そうですかね」

「私に会ってみたいと思ったのはどうしてですかね」と聞いた。

「SNSのコメントが面白いので、一度会ってお話がしたくなりました」

「ありがとうございます。大したことは話せないと思いますが、これをきっかけにお店にも寄らせてもらいます」

私の話は、質問される範囲で答えていたが、自分史の文庫本を持ってきていたので、お二人に「これをお暇な時に目を通していただければ」と言って渡した。

初対面では、あまりプライベートなことは聞けないので、私は聞き役でお二人が話せる範囲で質問する。

「秘すれば花」というのは世阿弥の言葉だそうだが、花は間隔を置いて眺める方がいい。コロナ禍はマスクをするだけではなく、ディスタンスということも教えてくれた。人と人とのディスタンスも大事なのである。

お二人は話に花を咲かせる。女性との対話は聞く側の方が楽しい。お酒も強そうで、顔色一つ変えないし、食事も私より進んでいる。気付くと私の前はまだ盛られたままのお皿が残っていた。

「一度お店にコーヒーを飲みに来てください」と百恵さんが言ったので、後日訪問することを約束し、お勘定となった。

カウンターの中で店主が破顔一笑の表情で「また来ちょくれ」としわがれ声で見送ってくれた。外は小雪が舞っていた。

K喫茶店

メイン通りから少し入った公園の近くに看板も目立たない小さな喫茶店があった。日ごろはめったに喫茶店には寄らないのに「一度コーヒーを飲みに来ませんか」と、居酒屋でK喫茶店のオーナーに誘われたお店である。

カウベルの付いたアンティークなドアを開けると、こぢんまりとしたお店の中には、DIYで作ったようなテーブルが四つとカウンターがある。

女性客が多く訪れる喫茶店のようだ。仲よしでおしゃべりする人たち、一人コーヒーを飲みながら読書する人、その中に男性一人で入っていくのは、この年になっても少し勇気のいることである。

店主でもある百恵ママさんは「どうぞこちらへ」と、カウンターではなく、読書している女性と相席のテーブルを勧めた。

「相席よろしいですか?」と言うと、その女性は読んでいる本をテーブルに置き、「どうぞ」と笑顔で答えてくれた。ママさんは、私と彼女を交互に紹介しながら、手作りのスコーンとコーヒーを運んできた。

テーブルの横にはこぢんまりとした本棚があり、そこには文庫本が並んでいた。ママさんは先日渡した私の自分史を読んでいて、感想を話しながら「その書棚に並べていますよ」と言った。

あまり喫茶店を利用することがなかったが、仕事の合間にちょっと寄り、美味しいコーヒーを飲みながら気分転換するのもいい。一人静かに本を読むのも、友達とおしゃべりするのも、たまにはいいもんだと思った。

先輩

人脈はつながるものである。

Ｋ喫茶店のママは友達が多い。私の自分史を読んでいたママは、ママの同級生のお父さんが、私と同じ会社にいたことがあるということを知らせてくれた。「その方の名前は？」と聞くとＳＫさんだという。

「えっ、ひょっとしたら私の先輩かもしれない」

六十年も前のことである。お互いの消息も知らないまま、長い年月が過ぎたのであるが、御存命なら一度お会いしたいと思っていた方である。高校の先輩で、私より四、五歳ほど上であったと記憶している。当時、大牟田の発電所プラント工事のために転勤になり、民家を借りた会社の寮で一緒になった方である。

喫茶店のママに、その方にお会いしたいと言うと、電話番号も聞いてくれ、先輩の方も是非会いたいとのこと。後日、携帯に電話があり、某喫茶店で会う約束をした。

何しろ六十年の月日が経つと、お互いの顔も分からないだろうと思って、早めに行って喫茶店の前で待機していた。

九十歳が近い方であるが、自分で車を運転してきた。

「お久しぶりです、ご無沙汰しています」との挨拶もふさわしくない、ご無沙汰過ぎるような年月の流れを感じながら、車から降りてきた先輩の手を握った。皺を刻んだ先輩の顔の中に、面影はしっかり残っている。先輩もすぐ分かってくれた。

「仲宗根くん、久しぶりだなぁ」

「お元気そうで、お会いできて嬉しいです」

店内に入り、仕切りのある席に座る。

コーヒーを飲みながら、お互いの来し方を振り返り、思い出多い、かつての職場の話、寮での思い出、同僚の消息など、話は尽きない。

私は、入社したころ、まだスーツなど持っているはずもなく、学生服でしばらく通勤していた。配属されたタービン工程課で、業務内容もよく理解できていない上、机を並べている諸先輩の名前もまだ覚えていない自分は、多くの人々が働いている現場からかかってくる電話が怖くて取れなかったことを思い出す。

「当時の新米社員から見て、先輩は輝いて見えましたよ」

また、会社の寮での話になり、

「先輩はギターを抱えて私たちの部屋に入ってきましたねえ。お洒落でハンサムで、かっこよかった先輩の姿を思い出します。ワイシャツの袖はカフスボタンで止めていましたね。当時、社会人二年生の私は、カフスボタンなど見たこともつけたこともなかったですよ」

ダンスも上手で女性にもてていたようだ。当時、会社の事務を担当していた美人と結婚。ご家族、お孫さんに囲まれて悠々自適に過ごされているようだ。

「仲宗根君、わしは耳が少し遠くなってねぇ」と右手を耳に当てながら話を聞いていた。

「大丈夫ですよ、よく聞こえているようですよ」と少しトーンを上げて話をする。

八十歳を過ぎたら、君づけで呼んでくれる人はほとんどいない。いくつになっても先輩は先輩、後輩は後輩である。先輩は会社の『30年のあゆみ』（一九八四年発刊）という記念誌を持ってきてくれ、懐かしく拝見しながら、当時を思い出し、話が弾んだ。「今度お会いする時は、一杯飲みながらお話ししましょう」と、再会を約束して、先輩を見送った。

喫茶店のママさんには、同級生との会話の中から私と先輩とのつながりをよくぞ見つけてくれたと感謝している。

と、原稿はここで一旦閉じていたのであるが、ＳＫ先輩と会った一年後、先輩が私を訪ねてこられた。あの時、先輩から借りていた『30年の歩み』という記念誌をまだ返していなかったので返しに行かなくては、と思っていたところで、先輩から訪問したいとの電話があり、今回の再会となった。

私は二〇一六年十二月に胸膜悪性中皮腫の手術を受けた（『かかりつけ医』のところで詳しく述べている）。ＳＫ先輩も三年前の二〇一一年に同じ中皮腫で手術を受けたと話してくれた。先輩も同じ病気だったことに驚いたが、考えてみれば同じ現場で働いていれば同じようにアスベストの吸引があり同じ症状が出てもおかしくない。いや、もっと数多くの人がこの症状に苦しんできたと思われる。

私の場合は某市民病院で、悪性胸膜中皮腫と診断され手術を受けたが、先輩も同じ病院で三年前に手術を受けたとのこと。しかも同じＦ医師の執刀を受けたと聞き、さらに驚いたのであった。先輩は毎月、経過観察を受け、抗がん剤を服用しているとのこと。私の場合は術後、一切抗がん剤は使用していないし、一年に二回の経過観察である。

全国に「中皮腫・アスベスト疾患・患者と家族の会」の支部が結成され、患者及び家族の交流や情報交換が行われている。私も退院後七年目にしてこの会を知り、大阪、福岡での会議に出席させていただいた。すでにこの疾患で亡くなられたご家族の方も参加されており、患者、ご家族の切実な悩み、医療制度の確立、国や自治体による支援などの課題に真剣に取り組んでいる。私も何かお役に立てるように、これからも情報交換の場に臨み、私の体験が少しでもお役に立てたらいいと思っている。

先輩も私も高齢の域にある。天からいただいた寿命に感謝し、お互いに健康寿命が続きますように、これからも励まし合っていきたい。

心をほぐす

ＳＮＳから、その店の開店日を選び、予約を入れた。「〇日3時ごろおいでください」と返信があったので K 喫茶店へ行った。

先日、私と先輩との久しぶりの再会を取り次いでくれたお礼と、その報告を兼ねて訪問した。ママも先輩と再会できたことを喜んでくれた。

「今日の予約はお一人ですから、ゆっくりしていってください」

コーヒーと、このお店の名物スコーンを出しながら言った。

「どうしてこの喫茶店を始めようと思ったのですか」との私の問いに、

「飲食店だったらおしゃべりができないでしょう。私は人間関係を大事にしたいので、コアな方とのつながりを大切にしたいとの思いで、この喫茶店を開きました。がちがちで生きてきた私は、人との関係を重視する仕事をしたいと思っていました」

私は、彼女のがちがちで生きてきた、という言葉が気になった。じっと聞いていると、彼女は呪縛を解くように話し始めた。

「私は好奇心旺盛というか、子供の変化に必死になり、自分を責めていたのです。子育てを通じて、親子関係やもろもろを必死に探していました。自分自身どうなっているのか知りたかった。何かを探していた心理状態でした」

彼女は涙をためて語り出した。

「私の父は、私が一歳の時に亡くなったのです。そして間もなく、お母さんは再婚し、私は父方に預けられ、おばあちゃんに育てられたのです。父はもちろん母の顔も知らず育ちました。おばあちゃんは、人に貧乏人と思われないように、何不自由なく育ててくれました。実母は後に、私を引き取りたいと、おばあちゃんに言ってきたそうですが、再婚した母に、私を渡しませんでした。私はおばあちゃんをお母さんと思って育ちました。後に、私の人生はそうなっているんだと知りました」

「ごめんなさいね、こんなことを話して」とハンカチで涙をぬぐいながら話を続けた。

「どうぞ、差し支えなければ、何でも話してください」

「おばあちゃんは亡くなった息子のことを思い出して、時々、悲しい歌をうたっていました。私は、そんなおばあちゃんが長生きするように祈っていました。私も子供が大きくなってから、実の母親と会うことがありましたが、母と子としての濃ゆい時期がなかったので、心の交流ができませんでした。今は、親戚のおばさんという関係だと思っています。再婚した後に生まれた子供も大きく育ち、母親の支援をしているようです。私が離婚したことを、母は察しているかもしれませんが、全然聞いてきません」

「おそらくご自身の人生と重ね合わせて、そっと見守っているのでしょう」と私。

「結構いい母親だと思います」と、実の母親を親戚のおばさんとして見て話している彼女の複雑な心境は、周りの者が理解することはできないだろうと思った。ご自身の心にたまっていた複雑な思いを少しずつ解きほぐすように語った。彼女の日ごろの明るさから想像できないような複雑な人生を聞いて、彼女のこれからの人生が明るく幸せになることを願っている。

じっと聞いていた私に、「コーヒーが冷えたでしょう」と、お代わりを出してくれた。私がインタビューしたかのように、心を開いて語ってくれた彼女の人生ドラマは映画のシーンを見るような衝撃的なお話であった。おそらく人には語れないつらい思いも経験もしたであろうことが、彼女の涙の奥には感じられた。

「今のお店を閉めて別の場所に新店舗を開店する予定なんです」

と彼女は何か吹っ切れたように明るい笑顔に変わった。新装開店のお祝いにはお花を持っていこう。

ウナ電

居酒屋で会ったもう一人の女性が経営する鍼灸院を訪ねた。あの時の約束である。あいにく私は鍼灸に行ったことがない。

小さいころ、母に「悪いことをしたら、やいと（お灸）を据えるぞ」と手の甲に大きなもぐさを盛られたことがある。また、四、五歳のころだったか、母に銭湯に連れられて行った時、母の背中には、お灸を据えたと思われる黒い跡が点々とあった。

そんな当時のことを思い出したが、「お灸を据えられるような悪いことはしていないぞ」と言いはしないが、今まで鍼灸師にお世話になることはなかったのである。

居酒屋で「肩がこるとか、腰が痛いということはありませんか？」と言うので、

「ありますよ、しょっちゅう肩は凝るし、腰は痛いし、足はつるし、よく整形外科で治療し

てもらっています」
と答えると、「一度試しに鍼灸院にいらっしゃいませんか」と言われ、訪問することになったのである。

我が家から十五分ほどの近いところに、そのお店はあった。「N鍼灸院」と道路沿いのブロック塀に表札のように小さく書いてある。うっかり素通りするところだった。

車を駐車場に止めると、入り口には黒い板に白マジックで「N鍼灸院」と書いてあり、奥はひっそりと緑に囲まれ、落ち着いた感じの鍼灸院である。日本風の白木の格子戸を開け、玄関を入ると、壁には絵画が飾られていてギャラリーのようだ。

小磯良平の絵に目が留まった。昭和二十年代の少年雑誌の小説に挿絵を描いていたので、そのころから小磯良平の絵が好きであった。光の陰影に独特の表現があり、その画法が魅力的である。その他の有名画家の絵も並んでいる。

施術室の本棚にはたくさんの書籍や図鑑、全集などが収納されている。植物の研究が好きだったお父さんの図鑑や、読書が好きなお母さんの蔵書だとのこと。私が読んだ本と同じ本を見つけ、「お母さんとも話が合うかもしれないね」と言った。

こちらの院長は一見、STAP細胞で有名になった小保方さんに感じがよく似ている（これはあくまでも容姿ということで言っているので、ごめんなさい）。化粧もほとんどしていない感じの、ごく自然な柔らかい優しさが醸し出す、落ち着きのある女性らしさがある。歳は聞けないので、アラウンド・フォーティーと言っておこう。

ここのスタッフは院長一名とのことだが、国家資格を保有し、施術室には免許証が掲げられている。

早速、症状などを聞かれ、問診票を記入後、施術に入る。

院長の説明によると、「本来自己に具わっている免疫力を正常に発現するように、体を整える、刺激の少ない治療を心掛けています」とのお話であった。

カーテンで仕切った更衣室で下着だけになり、患者着に着替える。

施術台に俯せ、腰から下にタオルケットをかけられる。俎板の鯉である。いや、鯉には似ても似つかぬ、俎板の狸となる。狸にとって伏臥位はおなかを圧迫するので、きつい姿勢なのだ。首、肩、腰、足のふくらはぎと鍼が刺さる。お灸は熱くなったところがお灸と分かる。

次に仰向けになる。鍼には微弱電気が通されている。そのピリピリ感とのチクチク感に耐え、おまけに「やいと」……ではない、お灸の熱さに耐え、我慢すること一時間。「あぁー、ありがとう」と両手を挙げて首を回す。「なんだかすっきりしたような感じです」と言ったが、伏臥と鍼の痛みと灸の熱さに解放された感が先に来ている。

「足がつる時は、夜寝る前に足のふくらはぎを伸ばすストレッチをするといいですよ」とそのストレッチ体操の姿勢をして見せてくれる。

「月一ぐらい通ってください。徐々に効果が表れます」と院長。

ということから始まった鍼灸院初診者は、その後も時々、ＬＩＮＥで予約をしている。

「ウナ、サクヤ、アシツル、ハリオネガイシタシ、ツゴウレンラクマツ。　ナカソネ」

電報形式で彼女にＬＩＮＥを送る。

彼女から「どうして電報のように送ってくるのですか?」と問われた。「予約客が多いと思って、早めに予約を取りたいから目立つように」と言ったが、ある意味ジョークで送っているのである。

最近は電報を打つことは、結婚祝いか弔電くらいしかなくなった。「ウナ」などの言葉も、若い人は知らないだろうと思う。携帯があれば、いつでもどこでもメールやＬＩＮＥなどで連絡がつく。便利になったなーと、隔世の想いを感じている、アラウンド・エイティーは、ＬＩＮＥにて新手の「ウナ電」を打つ。

「ウナ、クビガマワラナイ、ジカンイツアイテイルカ、レンマツ」

「明日十一時からはいかがでしょうか、よろしかったらどうぞ、気を付けてご来院ください」

ＬＩＮＥにて返事あり。

明日もまた、Ｎ鍼灸院の鍼と灸で首が回るように、ついでに金欠の首も回してもらえたらありがたい。

品格のあるお母さん

鍼灸院の院長のお母さんのことである。

ご両親がお花の先生で、お父さんはすでに亡くなられたそうだが、お母さんは九十歳でまだ現役でお花の先生をしているとのこと。

院長に「お母さんにお会いしてお話がしてみたい」と伝えていたので、次に鍼灸院を訪れた時、「母もお待ちしています」とのことで、施術が終わった後、お会いすることができた。

玄関を挟んで、施術室の左側の部屋には楕円テーブルがあり、お花の生徒やお友達との会話の部屋として、お母さんの交流の場となっているそうである。部屋の大きなガラス戸からは、敷地内の森の木々やお花が見える。

娘さんがお茶を入れてくれて待機していると、お母さんが「こんにちは、初めまして。節子です。娘がお世話になります」と入って来て、明るい笑顔で挨拶された。私も自己紹介をして名刺を渡すと、娘さんが私を紹介してくれた。

お母さんは、娘さんの入れたお茶を見て、「少し薄くない?」と言って、濃いめのお茶を注ぎ足してくれ、お母さん手作りの金時煮豆を小皿に入れて出してくれた。私の大好きな煮豆である。

「私は甘いものが好きで、時々スーパーで煮豆を買ってきて、お酒のつまみにしています」

「甘くは煮ていないのですが、よかったらどうぞ」

部屋の片側にはカウンターがあり、お茶やコーヒーなどが出せるように、棚に什器などが並んでいて、お客様をおもてなしできるようになっている。

花を愛する人は、きっとお茶も愛でるのであろう。出された湯呑は、手ひねりのいい形をしている。お花教室の合間に、生徒さんたちとお茶の時間を楽しんでいるようである。

お茶とお豆をいただきながらお話を伺った。

九十歳とは思えない気品のある凛とした姿勢で、言葉遣いもはっきりとしていて滑舌も自信に満ちている。

「現在もお花を教えているのですか」との私の質問に、

「はい、今も生徒さんと楽しくお花教室をやっています。この庭にはお花の材料となる草花を植えています。お花屋さんからお花を買わなくても、ここに咲いた花々で教室ができます。あちらに見えるのが吉野桜、その隣が啓翁桜で、こちらの大きな木は山桜です。椿の花も赤、白、やぶ椿と美しく咲いてくれます。李（すもも）の実は食べられませんが、花が美しいのです」

　と庭の木々について説明される。

「桜切るバカと言いますが、あれは嘘です。桜の花は切っても枯れません。お花の材料になるのです」と、お母さんのお話は歯切れがいい。

　庭の周辺は囲われているので、桜の花の咲くころにはライトアップしたら素敵な夜桜が観賞できるのではないかと思った。

「こんなに大きなお庭だと手入れも大変でしょう」と言うと、「生徒さんのお花代が、草刈りに来る人の費用になるのです」とにっこりと笑った。

　お庭を眺めながら、お母さんのお話を聞いた。

「お母さんはどちらのご出身ですか？」

「私は昭和八年、台湾で生まれたんです。祖父が建築家として宇部から台湾に赴任し、建築設計をしていました。父は大阪商船に勤めていて、海外にも商談などで出かけることがあり、我が家は当時、裕福な家庭であったと思います。第二次世界大戦が始まり、連合軍のＢ29爆撃機により台北大空襲がありました。小学生だった私たちは逃げまどい、小学校の防空壕に走りこみました。その時に大勢の人が亡くなりました。亡くなった方々は小学校の校庭で焼かれ、その時のにおいが、焼き魚のようなにおいで、今でも焼き魚は食べられません」

私は、節子お母さんのお話を聞き、日本の統治下にあった台湾も連合軍の攻撃を日本の本土と同じように受けたのだ、と衝撃を受けた。悲惨な沖縄戦、広島や長崎に落とされた原爆、そして東京大空襲は、終戦の日の八月十五日前後にはよく報道されていたが、台北の空襲は、あまりにも報道されてこなかったことは驚きである。

今は他国であるということで、あまり触れてこなかったということもあるかもしれない。台湾の方々は、戦争の悲惨さ、恐怖を感じながら、それでもなおかつ、台湾を統治した日本に対して、敬意を示す方々が多くいることに、安堵感と同時に、日本人の台湾に対する歴史的認識不足を感じている。

私も一度だけ台湾を訪問したことがあったが、日本語を話す高齢者は、多くの方が日本の統治時代を懐かしみ、親しみを持って話しかけてくる姿があった。

日本統治の悪い面のみを伝えてきた日本のマスコミや社会の風評に、今、台湾の置かれている現状と合わせて深く考えさせられる。

私の母も祖父の仕事の関係で、沖縄から台湾に渡り、台湾の学校に通い、台湾の産婆学校を卒業している。産婆試験合格証には、「台湾総督府警務局長　石垣倉治　昭和十年十月三十日」と記されている。

母は、戦前に沖縄に帰り、父と結婚して間もなく本土に渡っているので、戦争疎開とは違うかもしれないが、母から台湾時代のことをもっと聞いておけばよかったと思っている。


節子お母さんは続けた。

「私たちは、一九四五年八月十五日、終戦の日を迎え、翌年の三月十九日、引揚者として、アメリカの輸送船に積め込まれ、日本に帰ることになったのですが、台湾の方々と別れる時、泣いて別れました。

神戸港に着き、頭からＤＤＴを振りかけられましたが、私は頬かむりをしてかけられたふりをしていました。ＤＤＴは毒性が強いということを聞かされていたからです。

そこからそれぞれの郷里に散っていったのです。それからが大変でした。敗戦後の日本はどこも同じだったと思いますが、食べるものがない。学校の運動会でお弁当に入れるものがないのです。ある日の夜、私が縁側に出ると、躓いたものがありました。『お母さん、縁側に何か包みものがあるよ』と言って母に伝えたところ、母が袋を開けて驚きました。何とお米が入っていたのです。どなたが置いてくれたのか、うちの家族が引揚者で、貧乏して食べるものもないことを知っている方が、黙って置いていってくれたんだと思い、近所を探してみましたが、どなたが置いていってくれたのか分かりませんでした。そのお米で運動会のお弁当を作ったこともありました。

どなたか分からない方のお心遣いに感謝しながら、これからは私たちが恩返しをしていかなければならないと思いました。自分一人では生きていけない。貧しくとも貧乏人は貧乏人の生き方がある。誠実に生きていけば人に守られる。みんなに助けられると思います」

そして、少しお茶を飲み煮豆をいただきながら話は続いた。

「私は高校の教師を八年間勤め、その後は、お花を五年勉強し、九十歳までお花教室を続けています。

主人は農学校に通いながらお花の勉強をしていました。結婚のお話が出た時も、彼は、『うちは貧しいので、あなたを養うことはできません』と断られたのですが、『家計は私が一切責任をもってやります』と言って結婚しました。結婚後は、自分の意志を貫き、食べるものも家にできるものだけ、自分で作ったものしか食べませんでした。主人は、花卉農家として観葉植物や花作りをしていました。私のお花の材料も主人が作ってくれていたのです。

私がお花で生きてこられたのも、主人のおかげです。主人は早く亡くなったのですが、私は無駄使いせず、コツコツと貯めたお金で子供を育て、横浜の大学に進学させることができました。その後、娘は三年間、医学を学び、鍼灸の道に進み、地元で鍼灸院を開業しています。

私は病気をしたことがありません、薬も飲んだことがないのです。医者に診てもらうと『いろいろ検査をしても、どこも悪いところはありません。百歳までは間違いなく生きるでしょう』と言われます」

節子お母さんのお話の中で印象に残ったことは、「私はこれから未来ある人にお金を使っていこうと思います」という言葉である。筋の通ったお母さんの言葉に背筋がピンとなる思いであった。私も同感である。国も個人も、これからは未来ある人に投資することが必要だと考えるからだ。

政府は新しい資本主義を打ち出しているが、その中の一つに未来の人材に投資することを強調したい。

九十歳の方が、「未来ある人たちにお金を使う」という発想ができることに心打たれた。老後が不安でお金を使わずただ溜め込むという人もいるかもしれないが、未来に投資する、ということはなんと素晴らしいことかと、このお母さんの考えに頭が下がる思いであった。

このお母さんから、高齢者にありがちな内側にこもる、マイナス思考や健康不安、死後のことなどの話は一切出てこなかった。常にポジティブに生きているお母さんのお話を聞きながら、自分の意志を貫き一つの道を進んでいくこと、節約を心掛け、自然のものを食べ、誠実に生きていくことの大切さを教えていただいた。

お母さんのお話は尽きない、九十年の濃密な人生のお話を時の経つのも忘れて聞いていた。またいつか波乱の時代を生き抜いてきた人生談を聞きに伺いたい。

帰りに玄関の左側を見ると梅の木が蕾をつけていた。かなりの年季の入った梅の木である。腰が曲がり杖をついたように支えを受けている。院長が玄関まで見送りに出てきて、「この梅の木は中は空洞になっていますが、まだ花は咲くのですよ」と言った。

歳はとっても新木と変わらぬ花を咲かせている植物の生命力に感嘆する。こちらのお母さんのように老いてもなお強く生きている姿が重なって見えた。

お茶と煮豆美味しかったです。ごちそうさまでした。

25 すかし木の葉

「ここにあったのか」
本を開いたら、栞にしていた「すかし木の葉」を見つけた。どこに仕舞ったか探していたのである。

母の七回忌は過ぎていたが、近くに住んでいる兄弟姉妹で集まることも少なくなってきたので、一緒に母の墓参りをすることになった。互いに高齢にもなり、この先あるかないかの墓参り兼温泉旅行である。私と妻、弟夫婦、姉と妹六人で、奥日田の某温泉を予約し、たまたま私の誕生日も近かったので、誕生祝も兼ねてということにして車二台で出かけた。

広大な墓苑は芝生が敷き詰められ、縦横整然と並んだ墓石は、埋納された故人の遺骨も安心して永遠の眠りにつくことができると思われる。

七月の終わり、夏真っ盛りであったが、天領日田の奥座敷と言われた景勝地には涼風が爽やかにそよいでいた。

宿に着いてエントランスから案内される部屋までの廊下や建具調度品も、日田名産の杉やヒノキで造作されており、木の香りもさわやかで心地よい。カンナくずのにおいだ。

子供のころ近くに家具屋さんがあった。箪笥や水屋などを作っている家具大工さんの工房だった。そこによく遊びに行っていた。

嗅覚の奥に仕舞ってあったあの時のにおいである。なんだか懐かしい。

それぞれの部屋に家族風呂があり、窓からはパノラマに広がる渓谷が雄大に望める絶景が広がっている。

ゆったりとお湯に浸かった後、夕食はみんなでテーブルを囲み、次々に出てくる和食懐石に舌づつみ、添えられた「すかし木の葉」が涼しげな夏の料理をグレードアップしている。

「この木の葉はなんという葉っぱですか?」と料理を運んでくる配膳のスタッフの方に聞いてみた。「名前は分かりませんので、料理長に聞いてまいります」と言って、ややしばらくして、「朴(ほお)という木の葉だそうです」と伝えてきた。

「ほおの木? ほお……」と洒落ともつかぬ言葉で返しながら、携帯で検索してみる。

「葉脈標本をつくろう」

葉っぱの網目模様が透けて見える、きれいな、すかし木の葉の作り方が載っている。

飛騨高山では、朴葉の上に味噌や山菜をのせ焼きご飯と一緒に食べたり、ステーキも焼いて食べたりするそうだ。そういえばどこかのホテルで、葉っぱの上でお肉や惣菜を焼く料理をいただいたことがある。

貴重な「すかし木の葉」を、押し葉をするようにペーパーナプキンで丁寧に包んで、兄弟の分まで数枚お持ち帰りをさせてもらった。

それを何かの本の栞に使ったところ、どの本の栞に使ったか忘れていたのである。それが見つかったのだ。

「こんなところにいたのか、見つけたぞ」と改めてじっくりと眺めてみると、不思議な感じがする。

トンボの翅を拡大したように透けて見える。毛細血管のように張り巡らせた細かい網目模様のすき間には、葉緑素がびっしりと詰まっていたはずである。山野に自生している緑の木々、人工的に作物された

栞にしたすかし木の葉

農産物や草木も含めて、葉っぱは光合成によって葉緑体をつくり、大自然の中で、人の目を癒しているのである。

光合成器官と生命の維持・人類社会

地球上に生存する生物はすべて、光合成産物によって、その生命を維持している。われわれ人類にとってもその食糧源は炭水化物を基本とし、食肉といえどもその家畜の食料は光合成を営む牧草である。建築木材はいうに及ばず、衣料としてのセルロース系繊維はすべて光合成産物である。またビニールやナイロン、プラスチック、化学薬品、医薬品の多くのもの、車のガソリン、火力発電の燃料、すべて古代の光合成産物である石油、石炭からつくられたものである。

(『葉緑体の分子生物学』石田政弘)

古代より地球上に葉緑体が出現したことにより地球上に酸素が充満し、あらゆる動植物の生存に慈悲深くも供給されていることを知ると、ただの葉っぱとして見ていることは申し訳ない気がしてきた。山野を彩る木々や草木、藻類や海藻類までも感謝しなければなるまい。秋になると落ち葉となって、堆肥となり、自然界に存在する微生物が分解し、有機肥料として、植物の栄養として活かす。自然のサイクルは果てしなく続いてゆく。葉緑体から落ち葉まで思いを巡らすと、今までとは違った感覚で、命をはぐくむ緑のゆりかごのように、自然の大きさと恵みに深い思いを感じることができた。
木の葉一枚が、我らの命とつながっていることに思いを巡らし、「すかし木の葉」を本のページに栞として収め、「すかし木の葉」あり、と付箋を付けた。

目に青葉
山ほととぎす初鰹
江戸時代に活躍した俳人山口素堂の歌である。

目に青葉
光と木の葉と葉緑体　　　みのる

26

切り干し大根の逆襲

切り干大根には苦い思い出がある。

私は、昭和二十一年終戦の翌年、小学校一年生になった。給食などまだない時代である。お昼には各自、家から持ってきたお弁当を食べる。

私が弁当を開け食べ始めると、隣の席の女の子が、「それなぁん」と、変なもの食べてるなぁ、というような目と鼻に皺を寄せて、いやーな顔で私の弁当を見ていた。周りの女の子も同調するように見ている。私は恥ずかしくて、弁当を蓋で隠しながら食べたことを思い出す。その時の屈辱感は今思い出しても腹が立つ。

農家の子は白いご飯に梅干しの入った日の丸弁当、焼き芋やお餅を焼いて持ってくる子もいた。私の弁当のおかずは何の色合いもない、煮付けた切り干大根だけであった。ごはんには、押し麦の方が多いくらいの弁当に、おかずの仕切りもなく、切り干大根が詰められた母手作りの弁当である。

当時は、米、塩、醤油などの食料は手に入れるのが困難で、生活物資を確保するため配給制であった。母は、切り干し大根を小さく切り、お米と混ぜて、ご飯の量が増えるように炊いたり、粟を混ぜて炊いていたこともある、そんな時代であった。

「もう地味とは言わせない」と、ＮＨＫの「あさイチ」で、切り干し大根の美味しい料理の作り方を、料理研究家が紹介していた。私は、切り干し大根の恨みを晴らすように真剣に観た。日ごろ料理番組などまともに観たこともない自分が、メモを取りながら観ている。

「切り干し大根は、たっぷりの水で戻すと、だしいらずの美味しい味噌汁ができる働きものです」

料理研究家は実演をしながら、次々と切り干し大根の料理を作っていく。

面白いと思ったのは、切り干し大根のハンバーグである。玉ねぎの代わりに切り干し大根を使い、玉子一個とひき肉、塩コショウを材料として、普通に美味しいハンバーグができるそうだ。なるほどハンバーグに切り干し大根を使うという発想に興味津々である。

栄養素としてカリウム、酵素、マグネシウム、亜鉛、植物繊維、カリウムが豊富で、ヨーグルト、トマト、豆腐など、いろんな水分で戻るので栄養価も高く、食材としてバラエティーに富んだ料理ができる。

また防災食としても、サバ缶などと一緒に、切り干し大根を用意するといい。酢豚、親子丼、中華丼など、和、洋、中と利用できるし、居酒屋の突き出しとしても時々お目にかかることがある。

あの時の隣の席の女の子に恨みを晴らすように真剣にメモを取った。

今度、切り干し大根のハンバーグを自分で作って、孫たちにも食べさせてやりたい。

バンザイ、切り干し大根！

「あの時の女の子たち出てこい！」

切り干し大根の逆襲だ。

27

青のりとり歌

師走の寒さが身に染みるころとなった。郷土に流れる山国川でも、そろそろ青のりとりが始まるころだろう。

数年前、従業員KJ君のおばあちゃんの葬儀があったので参列した。その葬儀では不思議なBGMが流れていた。今まで聴いたことのないメロディーというか、お経のようにも聞こえるし、御詠歌のようでもある。何とも不思議な、お年寄りの声でうたっているBGMである。

数日して、たまたま銀行で喪主のお母さんに会った。待合の椅子で葬儀での話になり、

「あの時流れていた歌は何という歌ですか?」と尋ねると、

「あれはおばあちゃんが、山国川で青のりとりをする時に年寄りたちがうたっていた歌で、『青のりとり歌』と言います」

生前おばあちゃんがうたった歌をCDに録音していたそうである。本人の葬儀の時に本人

の歌声で葬送するということは最高のレクイエムである。ショパンは自分の葬儀の時に、自身が作曲したレクイエムではなく、モーツァルトのレクイエムが演奏されたそうだ。
おばあちゃんがうたうレクイエムは、哀愁のこもった悲しい素朴な歌に聞こえる。伴奏もないので今風に言えばアカペラかもしれないが、胸を打つ歌である。また葬儀は故人の大往生ということもあってか、ご遺族や親族の皆さんも明るい雰囲気の中で行われていた。

ある時、ガソリンスタンドで給油の間、新聞を見ていたら、その「青のりとり歌」の記事が出ていた。大分県に埋もれている地域の歌を発掘し、うたい継いでいくために各地でうたい、演奏活動している松田美緒さんという方がいるそうだ。CDを出しているというので取り寄せ、早速聴いてみた。やはりプロの歌手である。お年寄りのうたう歌とは全く違う。ピアノの伴奏と美しい声でしっとりと染みるようにうたわれていた。

私の母も山国川で青のりとりをしていたことがある。ある時は腰までつかり、汐が引き河原の石が顔を出すようになると、石にびっしりと張り付いた青のりを凍える手で採取していた。

「青のりとり歌」中津市小祝

1 なんの因果でヨー
青ノリ取りゅ なろたヨー
寒の師走も 川の中ヨー

2 今朝の寒さにヨー
笹やぶ 超えてヨー
笹の霜やら 涙やらヨー（※7番まで続く）

大分県側の小祝と川を県境とする対岸の福岡県吉富町でも、昔から青のりとりが盛んに行われていたようだ。

川面にザラメのように凍った石の表面を掻きながら凍える素手で採った青のり、私も子供のころ川原に下りて青のりとりをする母を手伝ったことがある。思い出の青のりとり。もうすぐ山国川の両岸には青のりを干す風景が見られるだろう。地元の人は山国川の青のりが香りも味も日本一だという。

お好み焼き、焼きそば、うどんなどに振りかけていただくと磯の香りがして美味しくいただける青のり、私は青のりを新聞紙にくるみ、レンジであぶって手で揉んで粉末にして少しお醤油をかけ、ご飯に振りかけて食べるのが一番好きだった。

「青のりとり歌」は思い出に残る歌であった。あの時のおばあちゃんのBGMをもう一度聞きたいと孫（従業員）に言ったら「お母さんがテープにとってあるかもしれない」と言うので、もしあればと言っていたが、メッセージで音声を送ってくれた。改めて聴いてみると、言葉もはっきりしているし、九十歳を過ぎたお歳には思えない声である。

青のりとりをしながら口ずさんだ歌がうたい継がれ、その地域の人しか知らない歌として残ってきたのかもしれない。幸い松田美緒さんという方が埋もれた歌を発掘し、うたい継いでくださっていることは、嬉しいことである。

葬儀にはBGMが流れる。故人が好きだった音楽、演歌やクラシックが流れることもある。あなたはどんな音楽を流したいですかと聞くと、それぞれの人生の中で思い出の曲を選ぶ人もいると思う。また家族が故人に相応しい曲を選んでくれる場合もある。会葬に参列した人々は故人が好きだった曲をBGMとして聴きながら故人を偲び、思い出として心に残っていくのであろう。

私も自分の葬送の曲を心ひそかに決めて、息子に伝えておこう。

28

夢を描き続けた人々

牧野富太郎

朝ドラ「らんまん」の放送は終わったが、私はほぼ毎日見ていた。主人公の槙野万太郎は、植物が好きで独学で植物の研究をして小学校も中退という学歴であっても、彼の探求心が理学博士の学位を取得し、「日本の植物学の父」と言われるようになった牧野富太郎のドラマである。

牧野富太郎は裕福な商家の長男として生まれながら、家業を継がず、植物の研究に励み、『土佐植物目録』を作成し、東京大学の植物研究室を訪れ、日本の植物誌を作りたいと熱く語った。教授や助教授に気に入られて、学生でも職員でもない富太郎が、日本一の学問の場に毎日のように通い、自由に研究資料を利用させてもらうことができたのである。学歴は小学校中退でありながら、植物の研究に励み、理学博士の学位も得て、数々の研究成果も上げ日本植物学の父と称されるまでになったのだ。その目覚ましい業績により、八十九歳で「第いる。

一回文化功労者」に選定され、没後には「勲二等旭日重光章」と「文化勲章」を授与されている。

牧野富太郎のひたむきな思いは、周りを取り込み、味方にして、偉業を達成していく姿が大きな感動を呼び起こしたのである。

東京大学で試験に拠らず、好きなことを一途に研究を続け、理学博士の学位を得るほどにまで上り詰めた、その熱意と執念に感服する。

時代は違うとはいえ、一人の男の真っすぐな想い、それも決して無理にではなく愚直というか無垢というのか、家業がどうなろうが、周りが何を言おうが、表現のしようのない想いを風船の中にいっぱい詰め込んで、自分の想いの方向に飛んでいく。その風船がたどり着いたところが、東京大学の植物学研究の博士や周りの研究生たちである。

ドラマの中で「雑草という草はない、必ず名前があり、そこに生きる理由がある」と語っていたことが印象に残っている。万太郎の波乱万丈の生き方を手本として学ぶことは多い。

世の中には同じように自己の人生を好奇心の塊で道を開いていった人たちがいる。

クマ先生のこと

今やソーシャルメディアの普及によってＳＮＳなどはかなり多くの人々が使っているようだ。

私も始めて十年以上になるだろうか。その中でＦＢなど、よく使っている方だと思う。友達から友達へとつながっていく、人種や言葉を超え、時間にも制限がない。中には悪用する者もいるが、そんな人を相手にするほど人生暇ではない。友達申請の中で削除またはブロックすることが多い。私は常に善のつながりを大事にしたいと思っている。良き友、自分にとってプラスになる人、つながっていてポジティブになれる人とのご縁をこそ大事にしたい。相手にとっても自分が善になっていかなければならない。私の友人つながりは良き友、善のつながりの人たちである。

その中の一人に「クマ先生」がいる。その初めはこうである。

その日は二〇一七年六月七日となっている。「お友達になってください」と、メッセージが来た。

写真にくまモンが写っていたので、熊本の方かなと思ったが、プロフィールを見ると、岡山在住の方であり、名前は「森熊男」。以前の職業は岡山大学教授。東京大学大学院中国哲学専攻とある。退職後、岡山の私立小学校校長などを歴任されている。

私のFBを見て友達申請してくれたとのこと。何しろ中国哲学の学者とあるので、私は中国哲学など門外漢で知識などないが、関心のあるところである。ソクラテスの言う「無知の知」を補ってくれそうだと思い、メッセージの交換が始まった。

森先生ことクマ先生は、専門の漢文学について優しく解説してくれたり、日常生活のこと、趣味のお話など、他愛もないことも含めて、話しているうちにいつの間にか、クマ先生は私のことを「先輩」とか「兄さん」と呼ぶようになっていた。

「大学で教鞭をとられていた方から先輩、兄さんなど言われると、こちらこそ恐縮します。私の方こそ教えを乞うこともあると思いますので、FBフレンドとしてよろしく交流のほどお願いします」と返信した。

私がいくつか年上ということもあり、そう呼んでいるようであるが、私にとっては面映ゆい気持ちなので「名前で呼んでください」と言っているのだが、いつの間にか「兄さん」になっていた。

少しずつ分かってきた。このクマ先生も牧野富太郎に似たところがある。そのあたりのことをご本人のエッセイ（『山田方谷ゼミナール』11）より引用させていただく。

ここで恩師・宮原信先生の薫陶を受けて中国の学問に身を染めた私の個人的な思い出の中から、二つばかりお話しすることをお許し願いたいと思います。

〈中略〉

昭和三四年四月、新見高等学校に入学した私は、先生との出会いを果たしたその年も年、奇しくも宮原先生が方谷研究へと足を踏み込む契機となる高田集蔵と劇的な会見をした年であったことを、後に知ったのです。何しろ、週二時間の漢文の時間が楽しくて、高校二年生の夏休みに、師の自宅を訪れ、書斎に通された私は、いきなり、「〈中略〉私自身、将来、先生が取り組んでおられる中国のことを学んでみたい。ついては、先生は、これまで歩んでこられた己の道を振り返られて、後悔されるようなことは無かったのでしょうか?」と伺ったのです。〈中略〉「僕はこの道を楽しんでいるよ。でも僕は所詮、田舎の教師だから、紹介状を書くからこの道に生涯をかけ専門に研究している学者に直接会って伺いを立ててみるのがいい」と言って、紹介状を書いて下さいました。無論、私はその紹介状を頼りにその研究者を訪ね、紹介状をお渡しすると、高校生の私に向けて真摯に実に五時間にわたってご自身の博士号獲得の経緯を資料を見せながら話して下さり、〈中略〉「君がこの道に進みたいというなら、僕の学部・学科を第一志望に大学受験をしなさい。僕は君を待っているからね」とまで誘われて、私は迷うことなくこの道へと入りこんだのです。

よき師に巡り合い、そこで紹介された大学教授からも「僕の学部・学科を第一志望にしなさい」と勧められるなど、本人の学問を求める強い意志により、ご自身の目指す方向へ進んでこられた姿が、なんだか牧野富太郎と重なった。

ところで、クマ先生とＦＢで交流をする半年ほど前の十二月、私は胸膜の手術をしていた。

２０１７年７月３日
「肺に2リットルの水がたまり、原因は昨今問題になっているアスベストの害による悪性胸膜中皮腫という『がん』の一種と診断され手術。がんに侵された患部の胸膜を摘出し、術後の結果は良好で、年に2回、経過観察を受けＣＴ検査を受けていますが、必ず乗り越えていくとの強い気持ちをもって日々過ごしています」
主治医より、この病気は転移が速い、余命１年と言われていたので、それを機に息子より、

「お父さん、自分史を書いて欲しい」といわれ、生い立ちから今日までの自分の生きざまを書き残すことにしたのである。
２０１７年12月９日
「ただいま原稿を執筆中で、来年出版になると思いますので、拙著ですが、一読していただけると嬉しいです」

書き始めて半年ほどで出版社に出稿し、完成した自分史は書店にも並び、初めての自分の著書が書店に並んでいるのを見ると、嬉しくなった。
クマ先生には出来上がったばかりの自分史を送って読んでいただいた。
読み進めている様子をページが進むほどにコメントをよこしてくる。

２０１７年12月22日
一気に読み切ってしまうのが惜しくって、今はあえてユックリと読んでいます。もうほとんど終わりに近づいてきて、読み終わってしまうのが愛おしいのです。
この本を書き終わったとき、みなさんがどのように読んでくださるのか不安で眠れませんでした。何度も読み返し、読者の立場で、あるいは取引先の立場で、従業員の立場でと繰り返し読みました。クマ先生からは身にあまるお言葉をいただき、大変に嬉しく思っています。

２０１７年12月26日
本を読み終わりました。僕は、なみだ涙で、この本を読み終わりました。感動的な本ですね。真摯に生き抜いてこられた兄さんのことがいよいよ好きになりました。兄さんのことを尊敬しています。

交流を始めてから六年の間にメッセージをどれほど互いに交わしてきたのか、メッセージをワードにコピーし、冊子風にプリントアウトしてみた。何と一四〇ページになっていた。これだけでも文庫本になりそうだ。私のことを「尊敬しています」などと言われると、そんな人間ではないのにと思いながらも、お互いにリスペクトがないとこんなに永く続けることはないだろうと思う。

クマ先生は学者である。いろいろな書籍を上梓している。『クマ先生とよむ論語』という

「子曰」で始まる孔子の論語の解説書をいただいた。
私も確か中学校で習ったと思うが、内容に記憶はない。子供にも分かりやすく書かれていて、座右の書として活用させていただいている。
実は、私がこうして「クマ先生」とお呼びしているのも、この本のタイトルによるものである。

また、贈られてきたクマ先生の校長の挨拶集『薫風―明日をめざして―』に対しては、次のように書き送った。

2018年1月16日
『薫風』は、毎週月曜日に朝礼で話した内容が収められており、子供たちや先生、保護者の方たちに韓非子、孔子など中国の様々な故事を引いてお話になっています。朝礼や学校行事の中で話されているそれぞれのお話が素晴らしいです。きっと子供たちや、先生・保護者の心に残っている事でしょう。私も勉強させていただきます。

学校に限ったことではなく、会社の朝礼にも活かせそうである。

その他、新聞の連載記事、エッセイなどのコピーをいただいた。やはり漢文学者である。時代に合わせたニュースなどを、漢詩や四字熟語の中から引用しコラムに載せている。

2018年1月18日
僕は、仲宗根さんの自叙伝を拝読できたこと、本当にうれしくおもっています。人の出会いって、本当に不思議ですね、でも、この不思議があるからこそ人生は面白い！　本に書かれなかったことも、僕はもっと個人的に存じ上げたいです。実際にお会いできましたら、甘えさせてもらいますからね！

メッセージでのやり取りを続けるうちに、一度直接お会いしてお話ししましょうということになり、私の会社の営業所が岡山県に二か所あるので、岡山出張の折、お会いすることになった。
妻も通院治療中であったが、この先、二人で旅行などすることもあまりないだろうと思い、今回は一緒に岡山に出かけた。
岡山営業所の従業員とも久しぶりに会って、食事会を行った。妻も従業員と話をすると、常務（妻は当時常務）としての顔に戻って会話をする。「常務もお元気そうではないですか」と喜んでくれ、妻に気遣いながらの食事会であった。

二〇一八年三月十四日、ホテルにクマ先生ご夫婦がお迎えに来てくださった。FBメッセージで、ずいぶんとやり取りし、写真も見ていて、ある程度の気心は分かっているつもりでも、この時が初めての顔合わせである。

バッグを肩にかけ、ブラウン色のラフなジャケットで迎えてくださり、ホテルから後楽園までタクシーで案内していただいた。

春の陽光を浴び、紅色、薄いピンク色、白い色の梅の花が咲き誇る広い日本庭園の中をゆっくりと散策しながら、江戸時代の旅の茶屋のような小さな店に寄り、お茶と吉備団子をいただく。赤い毛氈を敷いた長椅子に腰かけ、庭園の池の鯉を眺めていると、タンチョウ鶴が数羽飛来した。芝生の中を餌をついばみながらゆっくりと歩いている。頭に赤い冠を付け、白黒の色合いが美しい。広い庭園の中にはカメラを構えた観光客もいる。

春の日差しを浴びながら、回遊式庭園をゆっくりと歩きながら広い敷地内を散策していると、時間が過ぎるのがもったいないような開放感で心を満たしてくれる。

庭園を散策している池の向こうから声がかかった。「森先生！」と手を振っている。池にかかった小さな石橋を渡り、小走りに駆け寄ってきた若い女の子と母親。

「先生、私は○○期生の○○です。覚えていらっしゃいますか？」

「覚えているよ！　大きくなったね！」と、しばしその親子と歓談している。教師と教え子の出会いはいいなぁと、そばで見ているこちらも微笑ましくなる。

それから、園内の一角にある和風のレストランで、クマ先生と奥様、私と妻でランチをしながら、昼間ではあるが、少しのお酒も興を添えて話が弾んだ。

このお店でも、食事を運んでくる店員さんに、「森先生、お久しぶりです。お元気そうですね」と声をかけられた。先生もジョークを飛ばしながら話していると、店員さんは口元を押さえて笑っている。クマ先生は永く大学や小学校で子供たちと関わってきて、教え子も多いようである。

先生ご夫妻も、私の妻の体調を気にかけて「大丈夫ですか？」と声をかけていただきながら、後楽園散策を案内してくださり、帰りはタクシーでホテルまで送ってくださった。

2018年3月14日
お疲れになられたでしょう。長い時間を引きまわして、申し訳ない限りです。どうかお疲れが出ませぬようにとお祈りいたしております。奥様にくれぐれもよろしくお伝えください。妻も喜んでいます。今朝は行けるかどうか心配でしたが、何とか耐えてくれてよかったです。またの機会を楽しみにしています。本当にありがとうございました。

その後も二度三度と訪問し、閑谷学校も見学させていただいた。江戸時代前期の寛文十年（一六七〇）、岡山藩主池田光政公が設立した学校で、広い敷地に威風堂々と威容を見せている講堂は、国の重要文化財に指定され、今も庶民に開かれた学習の場として講義が行われており、クマ先生は例年十月に閑谷学校で行われる「釈菜（孔子祭）」で、参加者に向けて論語の一章を講義されているとのことである。

ともあれ、クマ先生の口癖は「自分の好きなことを選んで、それを自分の仕事とすること。そうすれば、楽しみを一生続けられる」ということである。

高校生の時に志した道を、今なお追い続けているクマ先生である。

いつの間にか、二人はお互いを「クマ先生」「兄さん」と呼び合う関係になっている。

今もなお、二人の間でメッセージのやり取りは続いている。

美ら島沖縄大使

この人の顔は絵になる、と思った。友人から「この人に会ったことがありますか?」と名刺をいただいたのである。名刺はカラー写真で三線を弾きながら笑顔で斜交いに写っている。じっと見ていると個性ある顔だ。この名刺の人は沖縄民謡をうたい、三線を片手にライブ活動をしているとのこと。私の両親がウチナンチュウであるので、私はヤマト生まれのウチナンチュウと言っていいのかもしれない。

友人はその人のことを、私が知っているか、もし知らなくても関心はあるだろうということで、私にその人の名刺をくれた。私も噂で聞いていたので、一度会ってみたいと思っていた。

毎年十一月ごろ、北九州で「楽しく泡盛を飲む会」というのをやっているというので出かけた。

そこで初めて宮村みつおさんにお会いした。この方が主催者で、沖縄から泡盛の酒造メーカーや関係者、地元の沖縄にご縁のある方々も多く参加している。もちろん沖縄民謡やエイサーも加わり、泡盛を飲みながら参加者も一緒になってカチャーシーを踊る。

意外に身近なところに沖縄にご縁のある方々がいることに気付き、交流の場にもなっていて、知り合いの場が広がっていくのは嬉しい。「泡盛カクテルパーティー効果」も生まれるようだ。内地にいながら沖縄を満喫できるいい機会はありがたい。

沖縄の人から見たら、日本に住む人はヤマトンチュウである。宮村さんは、ウチナンチュウ（沖縄の人）よりもウチナンチュウらしい人である。沖縄が好きではまり込む人は数多いるが、これほどまでにはまり込んでいる人は珍しい。

宮村さんが沖縄に魅了されたのは、

「先人の知恵と努力で、平和と礼儀を重んじ文化レベルの高い邦づくりをめざしてきた沖縄。そんな希望と夢のある沖縄へ僕が最初に訪れたのは１９７２年沖縄復帰の年の夏であった。以来、沖縄に恋した僕は年に数度となく足を運び36年という歳月が流れ『沖縄病』の僕となっていた。36年という歳月も歴史の中ではほんの一コマではあるが、僕にとっての沖縄史は人生の大きな比重を占めている」（オキナワグラフ２００８年5月号より）

と述べている。

二〇二二年、世界ウチナンチュー大会が沖縄那覇市で行われた。海外移民などで沖縄にルーツを持つ沖縄県系人を招待して、五年ごとに開催される大きなイベントである。日本復帰から五十周年の記念も合わせて盛大に行われたその大会に宮村さんの案内で参加させていただいた。那覇市のホテルではアメリカ、ブラジル、ペルーなどたくさんの世界のウチナンチュウが集まっていて、ほとんど二世、三世で外国語で話していて、日本語が通じない人が多い。私もDNAは沖縄である。三線やカチャーシーが始まればルーツの血が騒ぐ。沖縄セルラースタジアムほか、各会場には地元、海外二十四カ国から合わせて四十二万人が集ったと発表されていた。二世、三世の人たちは自分のルーツを探そうと、会場に設けられた役所の相談コーナーで、担当者と真剣な相談が行われていたのが印象的だった。

世界で活躍するウチナンチューたちの誇りに満ちた姿に触れ、パワーを感じると同時に大きな触発を受けた四日間であった。

宮村さんの活動の幅は、沖縄、九州のみならず、韓国や東南アジア、そして東日本大震災の被災地、岩手・宮城・福島、そして熊本の震災被害地域にも足を運び、無料で現地の人々を元気づけ、仮設住宅に住む方々に「元気を出して頑張ろう」と励ましの音楽やトークで、ピアニストの照屋薫さんとライブ活動を続けている。

彼は、行橋にある沖縄文化伝承館「シーサー館」館主で、行橋を拠点に精力的な活動を続けている。私も何度かシーサー館にお邪魔し、泡盛をいただきながら三線ライブやお話をさせていただいた。

私は趣味で色鉛筆画を描いている。ずいぶん知人の似顔絵も描いてあげ、喜んでいただいた。誰かに習って描いているのではなく、写真を見ながら我流で描いている。雑誌に載っている俳優などの絵も描いて人にあげた。

「この男の顔は絵になる」と思い、いつか宮村さんの似顔絵を描いて届けようと、パンフレットの写真を見ながら、彼のキャラクターの特徴を活かし、色鉛筆で描いて彼に渡した。カーネル・サンダースのような白い顎髭を生やし、頭の毛は少ないが、口周りから顎にかけてはそっくりである。ちなみに私の書棚にあった『カーネル・サンダースの教え』に、

「ワシはただ二つのルールを守ってきただけなんじゃよ。できることはすべてやれ。やるなら最善を尽くせ。これが何かを達成するための唯一の流儀じゃないかな」

とあり、私の共感できる言葉である。

似顔絵は似ているかどうか分からないが、宮村さんは演奏会のパンフレットに私の描いた彼の絵を載せてくれていた。

そしてとうとう、私も宮村門下に入って三線を習うようになったのである。どうしても沖縄の血が私を急き立て、遅すぎる、いや遅すぎるということはない挑戦を始めた。いつでも始まりはあるのである。

八十三歳からの三線練習は数倍の努力がいる。頭の回転はゆるいし、指が思うように動いてくれない。三十分も練習すると指の関節が腫れる、など、苦戦しながら、消えゆかんとす

るろうそくに火をともす心境で、三線の手習いである。いつか人前で師匠と共に演奏してみたいと思いつつ、痛がる指に湿布を張って、涙ぐましくチャレンジをしているのである。

どこまで続くのか、カーネル・サンダースの言葉を復唱しながら。

29 タクシー運転手との会話

鹿児島中央駅からタクシーに乗った。運転手の後ろには、運転手の名前（Tさん）と生年月日、趣味などが書いてあるものが貼ってあった。

趣味にバイク、ウォーキングと表示されていたので訊ねてみた。

「ウォーキングが趣味と書いてありますが、最近は各地で一〇〇キロウォークとかやっていますね。どれくらい歩かれるんですか？」

よく聞いてくれましたというように、Tさんはハンドルを握りながら話し始めた。

「二年前、七十歳の時に日本縦断旅行をしました。飛行機で北海道まで行き、宗谷岬をスタートして鹿児島佐多岬を目指して、日本縦断のウォーキングにチャレンジしました。途中はキャンプ場、山中などでテントを張り、三十日ほどはホテル泊しながら九十日で日本縦断完歩しました」

話を聞きながら、Tさんの年齢を考えると途方もない挑戦者だなと感心しました。六十歳でバイクの免許を取り、ツーリングも楽しんでいるそうです。現在は七十二歳のTさんはタクシーの運転手をしながら、次の目標に向かっているようだ。

二十分ほどの乗車時間でしたが、Tさんはハンドルを握りながら、私の質問に答えて下さり、目的地に着くまで話し続けてくれた。

「楽しみながらゴール 沢山の家族地元の人に迎えられての、ゴール途中応援していただいた人等本当有難うございました♪〈中略〉今回の旅で感じた事は、普段の生活の贅沢さです。〈中略〉私もリバウンド起こらない様気をつけて、次の目標を見つけます」

Tさんのから一部引用させていただいた。

数年前まで妻（当時、難病療養中）が元気な時は一緒にウォーキングなど近場を回っていたが、最近はいくら歩いても前に進まないウォーキング（ランニングマシン）で、時折、気が向いた時に汗を流している。これなどは怠慢者のウォーキングであろう。Tさんに学ぶところは多いが、真似はできない。

最近はタクシーの運転手の個人情報は表示しないようになっていると聞いたことがあるが、これもなくなると、なんだか寂しい世の中になったなと思う。小学生の名札も付けないようになった学校も増えていると聞く。連れ去り事件などに子供が遭わないようにとの配慮からだそうである。

この運転手Tさんのように、自分を堂々と主張できるような世の中であってほしいと思う。

30

烽火台（のろしだい）

自宅から一キロほど行ったところに雄熊山（おぐまやま）という小高い山があり、標高五八メートルの丘といってもいいような小山である。いつもは車で横を通り国道まで出るのであるが、雄熊山の麓に標識があり「雄熊山烽火台跡」と書いてあったので、一度登ってみたいと思っていた。春になるとまだら模様に山桜が顔を出し存在をアピールする。

一月の寒波が訪れた数日後の晴れた日に、麓から登り始めた。しばらくは舗装された山道を落ち葉を踏みしめ登っていくと、落ち葉が濡れているので滑りやすい。誰かが滑ったような跡がある。そこだけ落ち葉がずり落ちたようになっていた。危ない危ない、気を付けなければ、アスファルトの上でコケでもしたなら骨折するかもしれない、と用心しながら緩い坂を登っていった。途中からは舗装が途切れていて、けもの道のようになっていた。その方が歩きやすい。

何しろ山登りなどほとんどしたことがないので、頂上にたどり着くのにもハアハア言いながら、烽火台の近くまでたどり着いた。そこには山茶花の花びらがピンクの絨毯のように広がっていた。烽火台跡にも標識があり、雄熊山の烽火台は焚口だけ残して窯の部分は崩されたようで、やぶに囲まれていた。上毛町（こうげまち）の資料を参考にすると、

江戸時代、通商を求める外国船が頻繁に長崎に来航すると、鎖国政策をとっていた幕府は、各藩に沿岸の警備を強めるように命令します。烽火台も、火・煙を山頂で放つことにより、長崎での緊急事態の合図を、北部九州各藩に伝えるため、長崎・佐賀・唐津・福岡・小倉・行橋・豊前各地の山々に設置されました。そして、同時期、中津藩内には、豊前からの合図を中津城に伝えるため、一八〇七（文化四）年に雄熊山に、（中略）烽火台が設置されました。

（中略）

しかし、北部九州各地に設置された烽火台は、昼夜の試焼が行われたのみで、一八一三（文化一〇）年には、幕府は烽火台の廃止を諸大名に通達します。

（二〇〇九年九月号『上毛風土記』より）

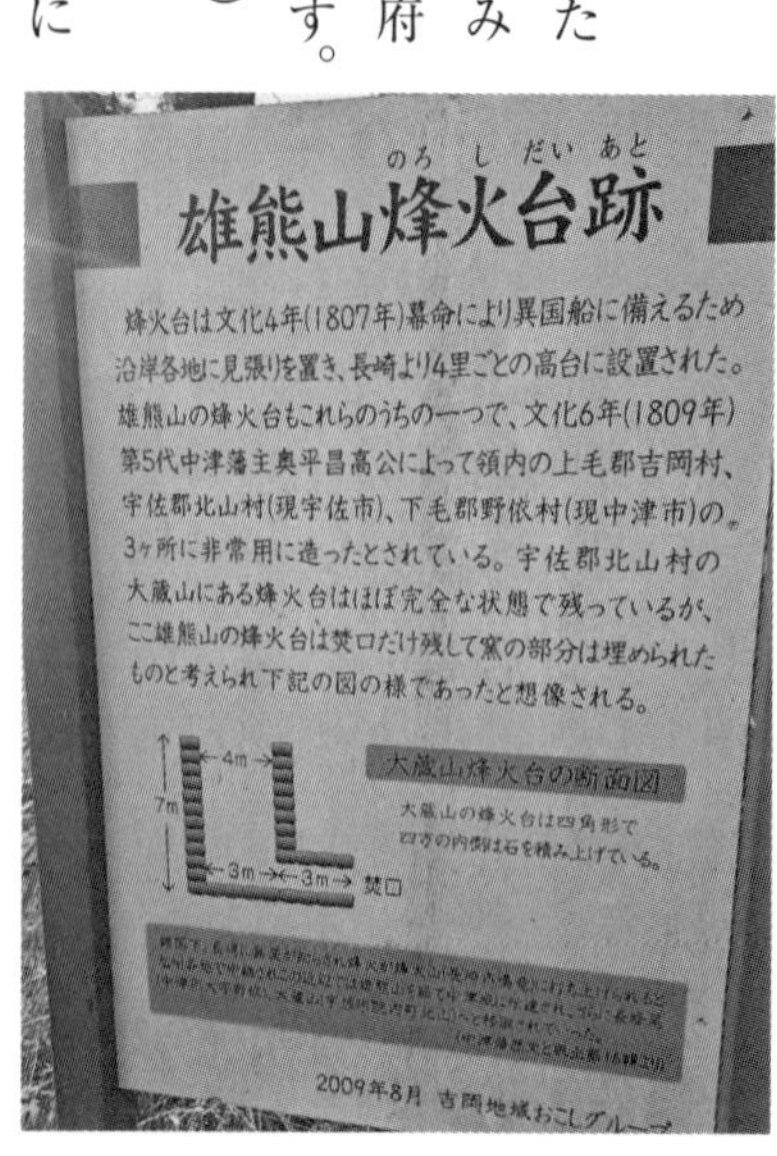

雄熊山烽火台跡の説明板

この烽火台のネットワークは、試験的に

行われただけで実際に使われることはなかったのである。

私は寺田寅彦の随筆が好きで読んでいたら、『変った話』の中で「二千年前に電波通信法があった話」とある。

アメリカのイリノイス大学の先生方が寄り集まって古代ギリシアの兵法書の翻訳を始めた。（中略）読んでいるうちに実に意外にも今を去る二千数百年前のギリシア人が実に巧妙な方法でしかも電波によって遠距離通信（テレグラフィー）を実行していたという驚くべき記録に逢ってすっかり眠気をさまされてしまったのである。尤（もっと）も電波とは云ってもそれは今のラジオのような波長の長い電波ではなくて、ずっと波長の短い光波を使った烽火（のろし）の一種であるからそれだけならばあえて珍しくない、と云えば云われるかもしれないが、しかしその通信の方法は全く掛け値なしに巧妙なものといわなければならない。その方法というのは次のようなものである。

ここからは寺田寅彦の説明は少し難しいかもしれないので、私なりにこういうことであろうと図を示して解釈して述べていく。

まず同じ寸法の容器を二つ用意する。この器の中に木の棒を入れる（丸でも角でもよい）。

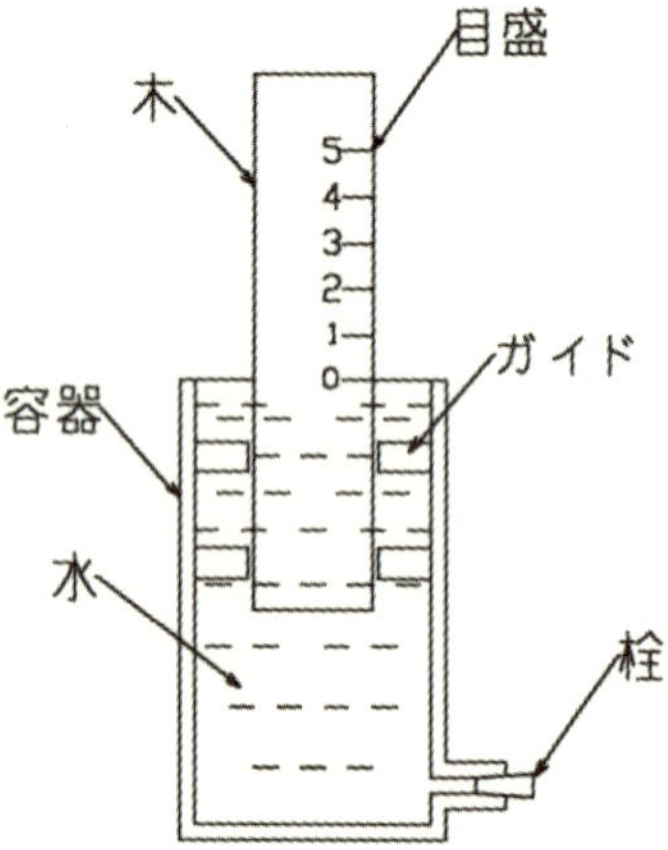

ギリシャの烽火通信機（筆者画）

この棒に例えば、0～5の区分した目盛を付ける。そのひと目盛ずつに通信文を決めておく。目盛1＝「外国船来航」、目盛2＝「敵騎兵国境に侵入」、目盛3＝「重甲兵来る」といったように、最も普通に起こりうる場面を予想して通信文を作成し、区分ごとに伝えたい情報を決め、次にこの器に水を入れておいて目盛の入った木を容器に浮かせ、それぞれが同じ高さに調整しておく。そこでこの容器の下方にある栓を外して水を出せば水面の降下につれて中の棒が下がり目盛も下がる。二つの目盛が同時に容器口のところに来ているようになる。

　このように調節ができたら、この二つの容器をお互い通信を交わしたいと思う甲乙の二地点に一つずつ運んでおく。そこで甲地から乙地に通信をしようと思う時には、まず甲で松明（たいまつ）を上げる。乙地でそれを認めたらすぐ返答にその松明を上げて、同時に器の栓を抜いて放水を始める。甲地でも乙の烽火が上がると同時にそこの栓を抜く。そうして浮かしてある棒がだんだんに下がっていって丁度所要の文句を書いた区分線が器の口と同じ高さになった時を見計らってもう一度烽火を上げる。乙の方ではその合図の火影を認めた瞬間にぴたりと栓をし、甲乙共に水を止めて、そうして器の口にあたる区分の文句を読むという寸法である（ここまでが要約である）。

寺田氏は電波、光波による通信と書いているが、烽火を甲乙共に目視による確認をすることにより、当初の情報として伝わるのである。これを光と言えば言えないこともないが、現代の光通信のイメージでとらえると隔世の感がある。

しかし二千数百年前のギリシャ人が、兵法として使っていたとは驚きである。かつて日本の戦国武将たちが、この方法を知っていたならば、もっと有効な烽火の使い方ができたのではないかと思う。

その後の科学技術の発達により、ギリシャの方式が応用され、デジタル通信の基礎になっていったと考えていいのではないかと思う。

ＦＡＸがまだ初期のころ、ある展示会で二台のＦＡＸが隣に置かれ、一方のＦＡＸから文字を送ると、片方のＦＡＸから同じ文字がタッツタッツタッツと音を出しながらドット方式で印字された紙が出てくるのを見て、すごい技術だと思ったことを思い出す。これもギリシャの技術の応用と言えるかもしれない。

私はアマチュア無線を高校生のころからやっている。無線電信はいわゆる短点と長点の組み合わせで通信する（トンツー）方法もデジタル通信の先駆けである。

アマチュア無線の通信方式に衝撃的な新しい波が押し寄せてきた。

それがノーベル物理学賞受賞者のK１JT（Joseph Taylor）とK９AN（Steven Franke）が、微弱電波による通信用に開発した。この通信方式が世界のアマチュア無線に革命を起こしている。私も我が社の若きIT技術者たちの力を借り、複雑な操作手続きを行って遅れまじと一段進んだFT８という通信方法でデジタル通信を楽しみ、世界の友と日夜交信している。最先端の通信技術も、源流は古代の通信方式烽火から始まったのではないかと思う。


雄熊山の烽火台跡の横には携帯電話会社の中継局の鉄塔が立っている。烽火による通信の伝達方式から二百年過ぎた今日、世界中に携帯電話でつながっていくことを、烽火台はどう感じているだろうか。「俺たちが元祖だ」と言っているかもしれない。

しかし寺田寅彦は明治生まれの方で、明治・大正・昭和と大きな時代の変革の時期を生き抜き、日本の物理学者、随筆家、俳人として活躍された方である。この方の随筆には芸術感覚と科学技術から生まれる探求心の深さと、見事な調和をもった人間味のある随筆を書いている。寺田寅彦の随筆から学ぶことは多い。

31
ヒマラヤを越えるアネハヅル

ＮＨＫの番組で一九九六年に放送された、「アネハヅル　謎のヒマラヤ越え」というドキュメンタリー番組があった。

今からもう二十七年前の放送だが、当時観た記憶は、はっきりと覚えている。

八〇〇〇メートル級のヒマラヤ山脈を越えていくツルの群れの映像は、感動なしには観ることはできなかった。放送された前年に、日本野鳥の会研究センターが中心になって調査が行われた、その時の映像である。ゲストには、女性登山家の今井通子さんも出席され、実際にアネハヅルのヒマラヤ越えを見た時の体験を話されていた。

「そうですね、秋の登山隊はアネハヅルが飛来すると、それを指標にして登山の終了日を決めるのです。ですから行くたびにちょうど一週間くらいでヒマラヤ登頂を終わって帰ってくるというふうにしていました」

日本の登山隊はツルの飛ぶ日に合わせて登山計画を立てるようになったそうである。その結果、日本の登山隊は、あたかもツルに導かれるように次々と登頂成功をおさめたという。

アネハヅルは、夏はシベリアやモンゴルで過ごし、草花や乾いた土地を好み、この地で繁殖する。ツルの仲間で、体長九〇センチほどの小さいツルだそうだ。四月ごろ卵を産み、ヒナは三か月ほどで親と変わらない大きさに成長し、ヒマラヤ山脈越えに加わり、生息地から五〇〇〇キロメートル以上離れた越冬地のインドを目指すのである。

秋になると、アジアを越え、ヒマラヤの麓に到達し、ここで群れは羽を休め、餌をついばみ、体力を蓄える。

ヒマラヤの上空にはインド側から吹き付けるジェット気流が、秒速一〇〇メートル以上で吹いている。頂から吹き下りてくる逆風となり、台風のような強い風が吹き荒れている。その強い気流を乗り越えていかなければ、目的地に到達しない。

標高数千メートルの山々が連なるヒマラヤ山脈も飛び越えていくことができるアネハヅルは、鳥類の中でも最も高高度を飛べる鳥と言われている。

群れの中のリーダーと思われる一羽が舞い上がり、山の斜面に発生する上昇気流に乗り、羽を大きく広げ羽ばたくことなく旋回しながら気流を読んでいる。二度三度と飛び上がり、頂上付近のジェット気流の弱まる一瞬を探っているのである。北を流れていたジェット気流は秋になると次第に南下し、ヒマラヤ山脈にぶつかるようになる。そして、ある日突然、消えてしまうのである。

リーダーは、また舞い降りて群れの鳥たちと呼吸を合わせているのか、もう一度旋回しながらジェット気流が止まる瞬間を見逃さない、リーダーのガゥガゥと発する鳴き声に、残りの群れが一斉に舞い上がり、リーダーについて行く。風が止んでいる今が頂上を越える一瞬のチャンスだというように、みごとなV字形の大編隊でヒマラヤの頂上を越えてゆく。

このシーンを映像で見た時に、感動で涙が出るほどであった。上空の気温は氷点下約三〇度から四〇度の世界である。酸素濃度は地上の三分の一で、台風並みの風が吹き荒れている環境の中、逆風にめげず飛翔していく姿は涙ぐましい。

先陣に続き、二陣、三陣とV字編隊をとりながら続いて行く。

航空自衛隊のブルーインパルスでも真似ができないほどの、みごとな編隊である。上昇から水平飛翔になっても、体力の消耗をできるだけ抑え、空気抵抗を最小化するためにV字編隊を組むと考えられる。

最先頭のリーダーは、最も風を受けるので交代しながら飛んでいく。マラソンや自転車競技も、前の走者の後ろを行く人は風圧を多少避けることができる。その走法もツルや雁などの渡り鳥から学んだものかもしれない。

私が感動したのはリーダーの在り方を考えさせられたからである。数百数千と言われるアネハヅルの集団をまとめ、常に先頭に立ち、遠距離を引率していくリーダーには責任と力が必要である。

その中には過酷な環境に耐えられず、途中で息絶えるアネハヅルもいるそうだ。他にも外敵がいる。イヌワシが疲れ切った幼鳥を狙って襲ってくる。無事に目的地に到達したアネハヅルも、その羽は傷つき、ボロボロになってしまうそうである。

何百年何千年かの間、伝えられてきた遺伝子の力なのだろうか、一羽の脱落者も出さないように引率していくリーダーと、群れから離れないようについていく姿は人間の集団も学ばなければならない。

シベリアやモンゴルの草原から、灼熱の大地インドへ、大ヒマラヤを越える小さなアネハヅルの大きな旅路は、私たちに野生の命の力強さと、自然の生きものたちに学ぶことの大切さを教えてくれた。

ＮＨＫ　アーカイブス「アネハヅル　謎のヒマラヤ越え」
ＮＨＫ　生きもの地球紀行「世界の屋根ネパール・ヒマラヤをツルの群れが越えた」

32 かかりつけ医

二か月間隔で、かかりつけの医者W先生の診察を受けている。前回の診察の時に血液検査をしていただいたのでその結果報告を聞くことと、血圧と高脂血症の薬も切れたので訪問した。

「血液検査の結果はほとんどのチェック項目が正常値の範囲内にあります。肥満数値とコレステロール値のみ少し高い程度で特に問題はありません」とのこと。

私はW先生に「お腹のふくらみを減らすにはどうしたらいいですか」と聞いた。

先生は「エコーで検査してみましょう」と言って、お腹周りに冷たいゼリーを塗り、エコーをあて検査してくれたが、「特に何もないですよ、心配いりません、ついでに首の頸動脈検査をしましょう」と言って、首の両側にエコーをあてた。

「これは大動脈から脳に行く血管の検査です。脳に行く血管の内側の壁が薄く八十四歳でこんな人はいないですよ、素晴らしいです。頸動脈狭窄症になると脳梗塞の原因になります。脳に行く血管が太いということは動脈硬化が起こりにくいということです」

と、嬉しい診察の結果であった。

「先生のもとに通って何年になりますか」と聞いたら、先生はカルテを見ながら、「もう二十五年になりますよ」と言った。

「長い間、先生のもとを訪れてよく診ていただいたおかげで今日まで生きています」とお礼を言った。

八年前のこと、体の調子が悪く呼吸も困難になり、背中あたりに重たい疲労感があった。熱も出て収まらないので、先生を訪ね診察していただくと、すぐレントゲンを撮ってくれ、「これははっきりしたことは言えないが、肺炎かもしれない。専門医を紹介します」と言って紹介状を書いてくださり呼吸器科の専門医を訪ねたが、そこでもはっきりと分からずに「総合病院に行ってみなさい」と紹介され、診察してもらうと、「肺に水が溜まっている」と言って、「こちらでは手術できないので」と、さらに専門医を紹介となり、最初の病院から三つ病院を変わり、やっとのことで、最終的には某総合病院のF先生の診断により、アスベストによる被害ということで手術を受けることになった。

セカンドオピニオン制度が機能して総合的な判断ができるような医療システムになっていることはありがたいことである。

詳しくは自分史に書いたので省略するが、悪性中皮腫の診断を下され、右肺の腫瘍を摘出、二リットルの水が肺にたまっていた。主治医より余命一年と言われていたが、この治療のためには抗がん剤など何の薬も使用せず、八年の命をいただいている。

最初、レントゲンを見て紹介状を書いてくださったW先生、そして次々と紹介してくださった先生方、悪性中皮腫の診断をされ手術をしてくださったF先生に感謝の想いである。

その後、経過観察を年に二回行っているが、左右の肺もきれいになり、F先生から、

「この病気にかかって転移もなく肺がきれいになるということは稀なことです。ほぼ完治の状態です。奇跡です」

と言われている。

これからも健康第一で余生を趣味を楽しみながら、次の世に進みたいと思っている。

33 照っても降ってもいい天気

「あーした天気になーれ」と、下駄を放り上げたことはないだろうか？

終戦直後、私の幼少のころはまだ下駄をはいて学校に通う子も多くいた。その名残か、学校にも家庭にも下駄の入っていない「下駄箱」がまだある。

放り上げた下駄が、表の時は晴れ、裏になれば雨、横になれば曇りまたは雪などと、子供のころの天気占いである。

先日、小学校に通う孫が、遠足の前か運動会の前にてるてる坊主を玄関前につるしていた。てるてる坊主には子供の願いがこもっている。

幼少のころ漁村に住んでいた。川べりにはたくさんの漁船が係留されていた。

川の近くに銭湯があり、湯上がりに褌一丁で川辺に出て漁師たちが談笑している光景をよく見かけた。

「今日は東風じゃなあ、明日は時化(しけ)だなあ」

近所に住む老漁師たちのしわがれた声であった。漁師たちの声は大きい。漁に出て互いの連絡を取るのも大声を張り上げていたのであろう、銭湯に入っていて隣に座っていても遠くにいる人に話すように声のトーンは落ちない。男湯ではわいわいがやがやと漁の水揚げなどを話し合っている。

漁師の天気予報は風の向き、雲の流れや模様など、さまざまな要素で予測する。

河口の波止場から、夕刻に一斉に漁に出て一晩漁をして、朝の満ち潮に乗って漁港に帰ってくる。港に着くと竹籠やトロ箱に積まれた魚がリヤカーで運ばれ、筵に広げられた雑魚たちを、待ち受ける家族や手伝いの人々で選り分けられていく。男も女も胸元まである黒い胴付長靴を着用した漁師たちで活気がみなぎっている港の風景があった。

この地方は半農半漁の漁師も多くいた。資源保護のため地域の組合で決められた期間、漁が休業になる時期もあり、漁が休みの時には網の繕いや漁具の手入れをする。漁師は手先が器用で縄をなったり、網の重りとして河原で扁平の石を拾い集め、先のとがった鎚で、ひもが通せるようにコツコツと穴をあけるのである。

また、休漁の時に漁船のエンジンの修理やメンテナンスが必要になり、その間は父の鉄工所は忙しくなる。河口では潮の満ち引きにより河口が浅瀬になったりするので、スクリューが浅瀬を掻き軸が曲がったり、スクリューが曲がったりするのでその修理に忙しかった。

漁業も農業も天気に影響を受ける。沖が時化れば漁に出られなくなり、農家にとっても雨は多すぎてもまた少なすぎてもよくない。自然相手の仕事なので、天気には常に気を遣っていなければならない。

昔は田んぼの水引で喧嘩になることもあったと聞く。稲の栽培に使われる水の量は、一反当たり二〇〇〇～三〇〇〇トンと言われているそうだ。稲作だけを見ても相当の水が必要となり、雨は植物には重要なことと誰しも分かることである。

しかし、大雨や台風などの自然災害には対策に苦慮するところでもある。この地方でも渇水でダムの水が危険水域に達して「節水」を呼び掛けることもある。近年よく聞くニュースに、「線状降水帯が発生した」などとも聞くようになった。これも地球温暖化の影響なのだろうか。

天気は自然任せであり、コントロールできない。ある時期には降った方がいいし、ある仕事には照った方がいい。

日本には四季がある。「暑さも寒さも雨の日も、照っても降ってもいい天気」と思えば楽しくなる。「いやだなぁ、暑いなぁ」と思っても少しは明るい気分になれるだろう。人間は自然と共存していかなくては生きていけない。人生と似ている。一生のうちには喜びの日もあれば悩み悲しむ日もある。それも濃淡合わせて人生の晴れのち曇り、曇りのち晴れ。

「照っても降ってもいい天気」
渡る世間の彩りなのである。

「あーした天気になーれ」

おわりに

初めてのエッセイである。何を書こうかと戸惑いながらも、過去に思いを巡らせ、過ごした時代を一つ一つ思い起こしながら、キーボードをたたいた。

文章の書き方の本はたくさん出版されている。私の本棚を見ると、過去に文章に関する本をかなりたくさん買っていた。全部読んだ本、一部読んだ本、初めて開く本など、改めてそれらの本をエッセイを書く視点で読んでみると、文章の表現方法の深さを感じながら、参考になる部分を赤鉛筆でラインを引いたり書き写しをしたりで勉強になった。

何しろエッセイを書いた経験のない者が書いているのである。参考にと、有名人、小説家、エッセイストなど、諸先輩のエッセイ集などかなり読んでみた。

印象に残る随筆としては、寺田寅彦の随筆に目が留まった。科学者として学術的にも何気ない日常の描写も、そばで映像を見るかのようにこちらの気持ちになじんでくる。一つ一つの項目に対して深く掘り下げている内容は、明治、大正時代にこんな文献があったのかと驚くほど情報を収集して文を構成している。

二度読みしたエッセイも数多くある。ネット上にある「エッセイの書き方」などのページもかなり読んだ。参考になる言い回しや言葉の使い方、構成や語り口もそれなりに勉強になった。

自分が書く初めてのエッセイが心に残るかどうかは分からないし、所詮、素人が書くエッセイなど、面白くもなんともないと思うだろう。それでもいいのである。自分の思っていること、日ごろ感じたこと、過去の思い出などを書き綴った。人生、付録で生きている者にとっては、恥も失敗も隠すところはない。さらけ出してこの世に置いていきたい。

このエッセイには数人の方との出会いや、その方の生き方などを書いてあるが、ご本人が私に話したこと、また私が聞いたことなど、会話の中で語られたことも書いているので、登場していただいた方々には、原稿を見ていただき、誤解や間違いがないか確認してもらった上で、承認をいただき、掲載したものである。

また、氏名をイニシャルや匿名の方、本名で書いてある方には当然ご了解をいただいている。また、文中、差別的な言葉もあると思うが、その当時では普通に使われていた言葉であって、読者には不快に思われることがあるかもしれないが、著者にはその意図がないことをお断りしておきたい。

私は文筆家でもエッセイストでもないので、これからもライフワークとして自由に思い出すまま、思いつくままを書いていきたい。できれば自分が臨終の最後の旅に出るまでキーボードをたたいているというのはどうだろうか。

今からあちらの世界にしばし旅に出ます。

おせわに……

みなさ……ありが……

………

おっと忘れていた、まだ続きがあるよぉ。

著者プロフィール

仲宗根 稔（なかそね みのる）

1939年、北九州市戸畑区生まれ。

1959年、大分県立中津東高等学校を卒業後、九州火力建設株式会社（現西日本プラント工業）入社。

1961年、父の経営する鉄工所を引き継ぐ。

1985年、ナカソネ住設株式会社設立。現在は息子に社長を譲り、名誉会長となる。

1991年、仲宗根鉄工所をソネック工機と社名を変更し、弟が社長となる（現在は会長）。

2012年、米粉を使用し、グルテンフリーのお菓子作りにこだわった洋菓子店「和楽堂」設立（令和1年8月閉店）。

趣味は読書、アマチュア無線、旅行、模型作り。

既刊書に『霧中の岐路でチャンスをつかめ』（2017年、2020年文庫化、幻冬舎メディアコンサルティング刊）がある。

明日天気になーれ

2024年10月15日　初版第1刷発行

著　者　仲宗根 稔
発行者　瓜谷 綱延
発行所　株式会社文芸社
〒160-0022　東京都新宿区新宿1－10－1
電話　03-5369-3060（代表）
03-5369-2299（販売）

印刷所　株式会社エーヴィスシステムズ

ISBN978-4-286-25788-4　　JASRAC 出 2406154－401